여동생이 여기사학원에 입학했더니
어째선지 구국의 영웅이 되었습니다.
내가.

After my sister enrolling in
Girl Knights'School, I become a HERO.

죄송해요!
전 오빠의 여동생인데도

최강인 오빠의 이름을 더럽히고 말았어요!

여동생
여기사
트윈테일 ×

흠냐……?
여긴 천국이야?

공작 영애
여기사
학생회장

유즈리하

그럼 난 앞으로도 토코라고 부를 것.

전하도 님도 금지야. 꼭이다?

일인칭은 나
마법사
왕녀

토 코

Contents

여동생이 여기사 학원에 입학했더니 어째선지 구국의 영웅이 되었습니다. 내가.

After my sister enrolling in
Girl Knights'School, I become a HERO.

여동생이 여기사학원에
입학
했더니
어째선지
구국의 영웅
이 되었습니다.

After my sister
enrolling in
Girl Knights'School,
I become a HERO.

내가.

NOVEL

1장 여동생은 왕립 최강 기사 여학원 1학년

1

오늘 저녁 메뉴는 메밀국수 아니면 생선구이가 좋을 것 같다고 망설이고 있는데 여동생인 스즈하가 울상이 된 채 돌아왔다.

"오빠, 오빠! 으아아아아아아앙!"

"뭐야, 왜 그래?"

내 가슴에 얼굴을 묻는 스즈하에게서 이야기를 들었다.

듣자 하니 학교에서 상급생에게 일대일 승부를 도전했다 호되게 지고 말았다고.

"죄송해요! 전 오빠의 여동생인데도 최강인 오빠의 이름을 더럽히고 말았어요!"

"아니, 아니, 아니?! 난 최강도 뭣도 아니고, 이름을 댄 적도 한 번도 없고, 애초에 일반인이거든?"

여동생이 올해 봄부터 다니기 시작한 왕립 최강 기사 여학원.

그곳은 이 왕국에서 가장 인기가 높아 입학 또한 어렵다고 알려진, 왕국기사를 육성하기 위한 전문교육기관이었다.

입시난이도가 엄청 높아 어릴 때부터 전속 가정교사가 붙어 열심히 단련한 귀족영애들조차 대부분 불합격할 정도니, 우리 같은 서민 집안에서 스즈하가 합격한 건 그것만으로도 엄청난 쾌거였다.

"그야 스즈하는 나름대로 강해. 하지만 이 세상은 넓으니까 질 때도 있겠지."

"하지만 오빠 이외의 상대에게 지고 말았다니……!"

"스즈하는 앞으로 기사가 되어 강한 상대와 많이 싸우게 될 거잖아? 그러니까 그때 이길 수 있게 오늘의 패배를 밑거름으로 삼아야지."

"……네, 오빠 말이 맞아요. 전 아직 미숙해요."

스즈하의 눈에 힘이 돌아왔다.

아무래도 진정한 듯했다. 다행이었다.

"그럼 재대결하면 스즈하가 이길 수 있게 저녁 메뉴는 돈가스 덮밥으로 할까?"

"와아."

정말이지 운동을 좋아하는 여자애답게 스즈하는 고기나 튀김이나 치즈 소고기 덮밥을 사랑했다.

적어도 메밀국수나 생선구이보다도 훨씬.

항상 기름진 메뉴만 먹는 건 좀 그렇지만 오늘은 스즈하가 좋아하는 음식으로 힘껏 위로해주는 게 좋지 않을까.

부엌으로 향하는 내 등 뒤로 스즈하가 말을 건넸다.

"그러고 보니 오빠. 그 재대결 말인데요."

"응."

"아마 이번 주 중이나 늦어도 다음 주 중에는 열릴 거예요."

"그건 너무 빠르지 않아?"

아무리 기사 양성학교라 해도 그렇게 빈번하게 특정 상대와 싸울 수 있는 것일까.

"그때 대결 상대는 제가 아니라 오빠가 될 거예요."

"……왜 나야?"

"제가 대결에서 지고 너무 분해서 헤어질 때 말해버렸거든요.『우리 오빠는 나보다 훨씬 더 강해요』라고."

"하아……."

"그랬더니 상대가 그 말에 굉장히 혹해서."

"……안 좋은 예감이 들어."

"꼬치꼬치 캐묻기에 오빠에 대해 하나부터 열까지 가르쳐줬어요. 즉 우리 오빠가 얼마나 강하고 멋지고 남자답고 그리고 절 여기까지 단련시켜줬는지. 그랬더니 상대가 굉장히 흥미를 갖게 돼서."

"……."

"조만간 집에 들르고 싶다고 해서 흔쾌히 승낙했어요. 후훗, 일부러 오빠에게 당하러 오다니, 어리석은 여자라니까요."

"……스즈하, 오늘 저녁은 없어."

"왜요?!"

결국 운동을 좋아하는 한창 자랄 나이의 여자아이에게서 저녁을 빼앗는 건 너무나도 가엾었기에 저녁 메뉴는 돈가스 덮밥 곱빼기에서 우동 0.5인분으로 변경되었다.

스즈하는 대단히 반성한 듯했다.

2

그날, 저녁 재료를 사러 집을 나섰을 때 낯선 미소녀가 말을 걸어왔다.

"그대가 스즈하의 오라버니인가?"

"저기, 그렇게 묻는 당신은?"

"이거 실례, 인사가 늦었네. 난 왕립 최강 기사 여학원 학생회장을 맡고 있는 유즈리하 사쿠라기라고 해."

"귀족 아니십니까."

사쿠라기 가문이라면 이 나라의 전통적인 3대 공작가 중 하나였다.

그 지위와 권위가 왕족에 버금간다는 정말 대귀족 중의 대귀족.

이 나라의 상급귀족은 직계 말고는 같은 성을 쓰는 것이 금지되어 있다.

그러므로 소개한 이름이 진짜일 경우, 눈앞에 있는 소녀는 번쩍번쩍한 대귀족임이 틀림없었다.

"그대에게 할 말이 있어서 집까지 찾아왔는데 지금 시간 괜찮을까?"

"물론입니다. 누추한 곳이지만 들어오시죠."

"당치 않아. 그럼 실례하지."

발길을 돌려 유즈리하 씨를 집으로 들였다.

여동생이 여기사 학원에 입학했더니, 어째선지 구국의 영웅이 되었습니다. 내가.

귀족님께는 결코 거역할 수 없다.

이것이야말로 평민이 평탄하게 살아가기 위한 할머니의 지혜였다.

"지금 드실 차를 준비하겠습니다."

"아니, 신경 쓰지 마."

유즈리하 씨는 그렇게 말했지만 여기서 정말 신경 쓰지 않을 수가 있나.

집에 있던 것 중 가장 고급 찻잎으로 차를 끓이고 마침 집에 있던 전병을 내놓자 유즈리하 씨는 한 입 베어 물고는 얼굴을 찡그렸다. 생각보다 딱딱한 듯했다.

"그래서 하실 말씀이라는 게?"

"아아, 스즈하에게 그대에 대해 듣고 흥미가 생겼어."

"스즈하에게 저에 대해 들으셨다고요?"

"이상한가 보네, 보아하니 스즈하에게 이야기 못 들었나? 그럼 처음부터 설명할게."

이야기를 듣고 놀랐다.

듣자 하니 유즈리하 씨는 스즈하가 이전 결투에서 졌다고 했던 상대였다.

천하의 왕립 최강 기사 여학원의 최상급생, 그것도 성적 톱이라는 학생회장을 상대로 결투를 하면 지는 게 당연하지.

"하아아. 우리 어리석은 동생이 폐를 끼쳤습니다."

"아니, 그런 이야기로 온 게 아니야. 원래 우리 학원 안에서는 신분이 상관없고 승부도 내가 제안한 일이니까. 학생회 임원 후보로서 실력을 확인하기 위해 신입생 입학성적 톱과 결투를 벌이는 건 우리 학교의 전통이지."

"그럼 그 일을 문제 삼으러 오신 게 아닙니까?"

"물론이지."

그리고 듣자 하니 유즈리하 씨는 여동생 스즈하와의 대결을 굉장히 기대하고 있었다고 한다.

그 이유는 스즈하가 입시 전투실기시험에서 역사상 2번째로 『시험관인 현역 기사를 쓰러뜨리고 합격』하는 쾌거를 이뤘기 때문.

참고로 그 쾌거의 첫 번째 주인공은 2년 전 입학한 유즈리하 씨였다고 한다.

"그리고 입학한 이후에도 난 실기 훈련에서도 정기 시험에서도 학교 내에서는 한 번도 진 적이 없었어. 살짝 허전했던 시기에 나와 같은 일을 해낸 스즈하가 나타났고, 정말 오랜만에 기개 있는 상대가 나타났다고 크게 기대했었지."

"그러셨나요? 그럼 실망시켜 드리고 말았겠군요."

"당치도 않아. 내가 상상했던 것보다도 훨씬 더 월등했어."

"호오."

"틀림없이 2년 전 나보다도 강했어. 나도 학생회장의 의지와 프라이드를 걸고 아슬아슬하게 이겼지만 솔직히 누가 이기든 이상하지 않은 대결이었지. 그만큼 스즈하는 진짜 강했어."

"감사합니다. 다른 누구도 아닌 유즈리하 씨가 그렇게

말해주셨다는 걸 알면 스즈하도 분명 기뻐할 겁니다.”

스즈하는 겉으로는 사람 좋아 보이지만 기본적으로 다른 사람에게 별로 흥미가 없었다.

예외는 상대가 자신과 동등하거나 혹은 보다 강하다고 인정한 상대뿐이었다.

예를 들면 나나 유즈리하 씨.

그러니 유즈리하 씨의 말이라면 스즈하는 분명 기뻐할 것이다.

“게다가 그 이후 좀 더 흥미진진한 일이 벌어졌지.”

아, 이건 혹시.

“결판이 난 후 스즈하가 예상 밖의 말을 꺼냈는데——.”

“정말 죄송합니다!!”

유즈리하 씨의 말을 가로막으며 난 미끄러지듯 무릎을 꿇었다.

1분의 헛된 움직임도 없이 정말 물 흐르듯 자연스러운 동작이었다.

“그 뒤에 건방진 소릴 했다고 들었습니다. 정말 우리 어리석은 여동생은 귀족분을 대하는 예의라는 걸 모르고——!”

“아아, 아니, 사과하지 마. 그런 걸 비난하러 온 게 아니니까.”

“……아닙니까?”

무릎을 꿇은 자세에서 상태를 살피듯 고개를 들자 앉아있던 유즈리하 씨 치마 안쪽에 숨겨져 있는 팬티가 보였다.

페퍼민트 그린.

그런 건 아무래도 좋았다.

유즈리하 씨가 곤란한 표정으로 앉기를 요청해서, 서둘러 바닥에 정좌했다.

"아니, 그런 게 아니라……뭐, 됐어. 하지만 정말 무례하다거나 내가 귀족이라거나 그런 건 신경 쓰지 말았으면 좋겠어. 기사 여학원 교칙에도 그건 금지되어 있고 나 자신도 그런 건 좋아하지 않아."

"그렇습니까……?"

"그러니까 앞으로는 내 입장을 어려워하지 말고 사실을 말해줬으면 좋겠는데——스즈하의 오라버니는 스즈하보다 강하다고 들었는데 사실인가?"

"그게, 뭐, 일단은. 오빠니까요."

"그렇게까지 스즈하를 키워낸 게 스즈하의 오라버니라는 이야기는?"

"그것도 사실이죠. 결국 자기만의 스타일로 싸우는 방법을 가르쳐준 정도지만요."

"매일 훈련 후 스즈하의 몸을 공들여 주물러준다는 건?"

"뭐, 오빠가 할 수 있는 일은 그 정도밖에 없으니까요."

"흐음……."

유즈리하 씨는 턱에 손을 올리고 골똘히 생각에 빠졌다.

내 예상이 맞는다면 이건 쓸데없는 이야기로 흘러가는 패턴이 틀림없었다.

부디 빗나가라고 마음속으로 빌었건만——.

"일단 스즈하네 오라버니, 나랑 대결하지 않겠나? 물론 진심으로."

나쁜 예상은 적중했다.

뭐가 아쉬워서 힘을 자랑하는 귀족님, 그것도 여학생과 대결해야 하는 건데.

*

유즈리하 씨의 배려로 왕도 바로 밖에 있는 광대한 숲으로 장소를 옮겼다.

듣자 하니 이곳은 사쿠라기 공작가의 소유지로 아무리 날뛰어도 혼나지 않는다고 했다.

그 이전에 싸우지 않는 방향으로 배려해주지 않을지 내심 기대했는데.

그런 내 마음 따위 모르는 유즈리하 씨는 웃는 얼굴로

"스즈하의 오라버니에게 한 가지 부탁이 있어. 전투 중 절대로 힘 조절을 하지 말았으면 좋겠어. 물론 나도 전력을 다해 상대하지."

"네—에……."

"아무래도 의욕이 안 생기는 것 같은데——그래, 알겠다. 네가 선전했다고 판단되면 공작가에서 상을 내리지. 이러면 의욕이 조금은 생기겠지?"

"자, 시작합시다. 바로 시작하죠. 지금 당장 덤비세요!"

"굉장히 타산적이구나……."

평민을 얕보지 말았으면 좋겠는데요.

아무리 귀족의 명령이 내키지 않는다고 해도 그 명령에 상이 포함되어 있다면 진심으로 공격할 수 있다. 그걸로 저녁 반찬이 늘어난다면 만만세였다.

"뭐, 됐어. 네 마음이 변하기 전에 시작해볼까──?!"

유즈리하 씨가 도약해 무시무시한 스피드로 다가왔다.

스즈하보다 명백하게 빨랐다. 그 사실이 의외였다.

왜냐하면.

"빨라──. 엄청 흔들리는데도……."

유즈리하 씨는 나 같은 아마추어조차 알 만큼 여기사로서 이상적인, 적당한 키에 단련된 신체의 소유자였다.

하지만 커다란 수박이 무색할 정도로 발육된 2개의 유방이 가슴팍에 매달려 있었다.

여동생인 스즈하도 엄청 크지만 거기에 필적할 정도.

그래서 움직임은 완만할 거라고 생각했다.

그러나 지금 유즈리하 씨는 가슴의 무게 따위 상관없다는 듯한 속도로 돌진하며, 꽉 눌린 가슴살이 떨어져 나갈 것처럼 날뛰고 있었다.

"……아."

그런 바보 같은 생각을 하는 사이에 눈앞에 유즈리하 씨의 모습이 보였다.

처음부터 힘 조절 따위 생각하지 않았던 것이 틀림없었다.

단단한 주먹을 휘두르며 전력의 스트레이트.

유즈리하 씨의 필살의 일격이 나의 안면에 박혔다.

3 (유즈리하 시점)

유즈리하 사쿠라기는 살육의 전쟁 여신이라는 별명으로 불리는 초유명인으로 아군으로부터는 승리의 여신으로서 칭송받고, 적으로부터는 사신과 같은 두려움의 존재로 여겨지고 있었다.

유즈리하의 여신처럼 압도적인 미모와 전쟁 여신처럼 귀신같은 전투력은 정말 그렇게 불리기에 어울렸다.

유즈리하는 사쿠라기 공작가의 직계 장녀로서 10살에 첫 출진을 장식한 이후 모든 전장에서 날뛰었다. 그 이후 15살에 왕립 최강 기사 여학원에 입학했을 때는 쓰러뜨린 적병의 수가 이미 10만을 넘었을 정도였다.

왕립 최강 기사 여학원의 입학시험인 전투실기고사 방법은 엄선된 상급기사와의 1대1 결투 승부. 그것이 개교 이후 수백 년 동안의 전통이었다.

그 시험에는 만에 하나라도 시험관이 쓰러지면 큰 창피라는 의도가 숨겨져 있었다.

그 전통을 유즈리하는 완전히 깨부쉈다.

상급기사인 시험관과의 1대1 승부에서 승리한 것이다.

모두가 놀라며 역시 유즈리하라고 칭송했다.

유즈리하는 당연한 것처럼 1학년 때부터 학생회장에 추천되었고, 그 이후 학원의 정기시험에서도 연속해서 승리가도를 달렸다.

이 정도밖에 안 되냐며 허무해하면서도 유즈리하는 단련을 멈추지 않았다.

그리고 더욱더 성장한 지금, 본인이 세계 최고로 강한 건 아닌지 비교적 진심으로 생각하게 되었다.

그런데.

(아──안 먹혀'?! 그건 고사하고!!)

인사 대신 진심을 담은 전력 안면 펀치.

성문을 펀치 한 방으로 부숴버린 적도 있는 유즈리하의 필살 강타.

하지만 스즈하가 칭찬해마지않는 스즈하의 오빠라면 여유롭게 피할 것 같았다.

그런데.

(피하지 않는 것은 물론 그대로 안면으로 받아냈는데 대미지가 없다니……?!)

승부라는 의미에서는 이 한 방으로 이미 결정이 난 것이었다.

유즈리하의 본능이 무의식중에 자신의 눈앞에 있는 남

자에겐 절대로 이길 수 없다고 전면 항복의 백기를 들고
있었다.

온몸이 부들부들 떨렸다.

──그건 본인보다 훨씬 높은 자리에 위치하는 절대적
인 강자를 처음 만나, 본인이 약자라는 사실을 뼈저리게
깨달은 인간의 본능.

유즈리하가 자신과 대치했던 수많은 적병과 그녀의 강
인함을 목격한 아군에게 무의식적으로 계속 보냈던, 생존
본능이 경고하는 근원적인 공포. 그것을 드디어 유즈리하
본인이 실감할 차례가 되었다. 단지 그뿐이다.

동시에 유즈리하의 영혼 저편에서 그것과는 다른 근원
적인 감정 역시 아로새겨졌다.

그것은 강한 남자와, 그것도 본인보다 압도적으로 능력
이 우수한 남자와 짝이 되고 싶다 외치는 여성으로서의 야
생의 본능이었다──.

게다가 그 상태에서 스즈하의 오빠는 유즈리하에게 재
차 타격을 가했다.

"저기……이제 끝인가요?!"

"뭐──?!"

스즈하의 오빠로서는 효과가 없는 펀치 한 방만으로 공
격을 멈춘 유즈리하에게 이걸로 만족했냐고 확인을 구했
을 뿐인데.

솔직히 겨우 이 정도로 보상을 받을 수 있는 것인지 궁금할 정도였다.

하지만 유즈리하에게 그것은 명확한 도발, 따지기였다.

당신은 펀치 한 방밖에 날리지 못하는 얼간이인가?

물론 순전히 오해였다.

"그, 그럴 리가——있겠어어어어어어어!!"

유즈리하가 미친 사람처럼 공격을 계속 이어나갔다.

하이킥, 손등 공격, 페인트, 안구 공격, 관절 기술——.

그 한 방, 한 방이 지금까지 유즈리하의 인생 중 최고로 강한 힘이 담긴 회심의 일격.

극한의 정신상태가 바야흐로 잠들어 있던 유즈리하의 전력을 깨워 이끌어 낸 것 같은 혼이 실린 연속 공격.

하지만.

그 다양한 공격들은 다만 하나도 스즈하의 오빠에겐 통하지 않았다——.

4

유즈리하 씨가 다가와 날 일방적으로 뭇매질하던 날로부터 며칠 후.

"스즈하. 오늘은 햄버그야."

"와아. 오빠의 햄버그, 고기 식감이 확실하게 느껴져서 정말 좋아요."

"굵게 다진 특제 햄버그니까."

그러한 우리 집의 저녁 식사 시간, 또다시 유즈리하 씨가 찾아왔다.

게다가 새로운 캐릭터인 아저씨를 데리고.

"유즈리하 씨 안녕하세요. 저기, 거기 남성분은?"

"난 유즈리하의 아버──먼 친척이다."

아버지야! 지금 아버지라고 말하려고 했어!

정말이지 대귀족 같은 느낌의 이 중년 남성은 유즈리하 씨의 아버지가 틀림없었다.

그렇다는 건 그러니까, 이 나라의 3대 공작가 중 하나인……?

"아──, 난 유즈리하의 먼 친척이네만 격식 차린 배려 따위 필요 없다네."

서둘러 무릎 꿇기를 시전하려던 날 말리며 그렇게 유즈리하 씨의 아버지가 말했다.

"나는 그래……그냥 아서라고 부르면 되겠군."

아서라면 사쿠라기 공작가 현 당주의 이름 아닌가!

평민인 나조차 알 정도로 유명하다고!

"유즈리하 씨, 이게 대체 무슨……?"

내가 의심스러운 눈으로 바라보자 유즈리하 씨가 쓴웃음을 지으며,

"자, 자, 스즈하의 오라버니? 그렇게 됐으니까 우리를 배려할 필요는 없어. 난 귀족도 평민도 관계없는 학생 신

분이고 여기 아버——아서 님도 배려는 필요 없다고 본인이 틀림없이 그렇게 말씀하셨으니까.”

“그렇습니까……?”

뭐, 이쪽으로서도 그게 더 감사했다.

나도 무례하단 이유로 쥐도 새도 모르게 죽는 건 사양하고 싶으니까.

물론 그래도 대귀족인 두 사람을 앞에 두고 대접을 하지 않을 수는 없다.

“저기, 저녁으로 햄버그를 먹으려고 했는데……두 분도 드시겠어요?”

“먹도록 하지.”

즉답이었다.

그보다 대귀족의 당주님이잖아? 독이 들었는지 확인 안 해봐도 괜찮을까?

“스즈하의 오라버니, 아버——아서 님은 걱정할 필요 없어. 설령 대귀족의 당주님이라고 해도 전장에 나가면 독이 들었는지 미리 먹어보는 여유로운 짓은 할 수 없으니까. 그러니까 평소에도 독이 들었는지 미리 먹어보지 않아.”

“제 생각을 읽지 마세요.”

그리고 대귀족이 아니라 먼 친척이라는 설정, 벌써 잊으신 거 아닌가요?

*

예상외로 우리 집 햄버그는 굉장히 호평을 받았다.

공작님은 '맛있군! 맛있어!'라고 외치면서 정신없이 드신 데다 한 그릇 더 요구하실 정도였고 유즈리하 씨도 '우리 아버——아서 님 때문에 미안해'라며 고개를 숙이면서 본 인 몫의 햄버그도 한 그릇 더 요청했다.

그런 이유로 대량으로 준비했던 스즈하의 리필용 햄버 그는 깔끔하게 사라지고 말았다.

리필용 햄버그가 제로가 되자 스즈하는 눈물을 글썽이 며 두 사람을 노려봤지만 아버지인 공작님은 완전 무시, 딸인 유즈리하 씨는 고개를 돌린 채 어설픈 휘파람만 불고 있었다.

그보다 스즈하, 대귀족을 매섭게 노려보면 안 돼요.

"후우, 오랜만에 잘 먹었군."

만족해하며 배를 톡톡 두드리는 공작님께 용건을 물었다.

"그런데 오늘은 무슨 일로 저희 집까지 오셨습니까?"

"으음. 그게 말이네."

이제야 떠올랐다는 듯 공작님이 날 향해 돌아섰다.

"나의 따——유즈리하를 쓰러뜨린 남자가 있다고 들어 서 말이야."

"……네?"

"자랑은 아니네만 우리 따——유즈리하는 세상에서 가 장 강하고 세상에서 가장 귀엽다네. 평민의 아내로 줄 순 없네!"

"자, 자, 잠깐만요, 아버님?!"

"하아, 그러셨군요."

유즈리하 씨가 터무니없이 강하고 귀여운 건 객관적 사실이었고 아버지라면 그렇게 생각하는 것도 당연하겠지.

그리고 유즈리하 씨가 아버지라고 인정했지만 더는 태클 안 걸어야겠다. 귀찮으니까.

"그런데 그런 딸을 손 쓸 엄두도 못 낼 정도로 완벽하게 이겨버린 남자가 있다는 거 아닌가. 그냥 넘길 수 없어서 그 남자를 이 눈으로 보러 온 것이네."

"……저기?"

확실히 며칠 전 나랑 유즈리하 씨는 승부? 같은 걸 했다.

그보다 내 시점에서 보면 유즈리하 씨가 일방적으로 날 마구 때렸던 일이었는데.

마지막에는 유즈리하 씨가 '윽……으흑, 으아아아아아아앙!!'이라고 울면서 달아나버리는 바람에 영문도 모르는 상태로 흐지부지하게 끝났다……는 게 지난번 일의 자초지종이었다.

"저기……? 제가 그냥 일방적으로 맞은 것뿐인데……?"

"하아, 무슨 소릴 하는 겐가."

나의 정당한 항의에 '뭐야, 정말, 하나도 모르잖아'라며 유즈리하 씨가 어깨를 움츠렸다.

사람을 엉망진창으로 때려놓고 그 태도는 대체 뭐죠?

"잘 들어, 스즈하의 오라버니. 나한테 진심으로 맞고 상처 하나 없는 건 이 세상에 당신밖에 없어. 애초에 전력을 다한 내 펀치는 상급기사도 가볍게 쓰러뜨릴 수 있으니까."

"당신, 평민을 상대로 무슨 짓을 한 겁니까?!"

유즈리하 씨의 수수께끼 같은 공격력에 대한 자신감은 그렇다 치고, 그렇게까지 위험하다고 인식한 공격을 다른 사람에게 펼치면 안 되는 거 아닌가?

나의 아주 정당한 항의에 유즈리하 씨는 당황했다.

"오해하지 말아줘. 스즈하의 오라버니라면 분명 괜찮을 거라고 생각했어. 게다가 실제로 괜찮았잖아?"

"그건 결과론 아닌가요."

"결과는 중요한 법. 난 이렇게 보여도 대귀족의 일원이라 항상 결과를 요구받고 있지."

어때, 불쌍하지? 라고 가슴을 펴고 주장하는 유즈리하 씨에게 마음에도 없는 동의를 돌려주었다.

논점이 좀 벗어난 것 같기도 하지만 귀족을 상대로 태클을 걸 수 있는 만용 따위 나에겐 없었다. 무심코 입에서 나가고 만 말은 노카운트하기로 하고.

"저기, 그래서 결국 어쩌라는 건가요?"

내가 결론을 묻자 유즈리하 씨가 알고 있었다는 듯 바로 답했다.

"듣자 하니 스즈하의 오라버니는 지금도 스즈하를 훈련시키고 있다던데, 그 모습을 보여줬으면 좋겠어."

"……그거면 되나요?"

"응. 두 사람의 전투 훈련을 보면 아버님께도 너의 강함이 대충 전해지겠지."

유즈리하 씨의 말에 스즈하가 이상하다는 듯 고개를 갸웃거렸다.

"하지만 오빠의 힘을 보고 싶다면 그야말로 유즈리하 씨랑 재대결하는 게 가장 손쉽지 않나요?"

"……나도 아버님 앞에서 꼴사납게 지는 모습은 사양하고 싶으니까. 이해해줘."

"과연."

스즈하는 납득한 것 같았지만 나로서는 전혀 이해하기 힘들었다.

그렇다 해도 대귀족 당주인 아버지 앞에서 그가 사랑하는 딸에게 얻어맞는 취미도 없었기에 입을 다물고 있었지만.

"스즈하, 그런 거라면 빨리 시작할까?"

"……어쩔 수 없네요. 오빠와의 훈련을 방해받는 건 유감이지만……."

"이 녀석, 손님 앞에서는 똑바로 해야지. ──그래, 스즈하가 열심히 한다면 내일은 닭튀김 페스티벌을 개최할까?"

"자, 그럼 오빠, 오늘도 힘내봐요!"

──그 이후 나와 스즈하는 훈련을 시작했고 유즈리하 씨와 아버지는 잡아먹을 듯한 눈빛으로 그 자초지종을 지

켜봤다.

그중에서도 유즈리하 씨가 엄청 놀랐던 건 훈련 중엔 물론이거니와 훈련 전후에 스즈하가 계속 공들여 몸을 유연하게 만들고 온몸의 근육을 풀어줄 때였다.

우린 서민이라 다쳐도 회복 마법으로 금방 나을 수 없다.

따라서 다치지 않도록 몸을 최대한 유연하게 만드는 것뿐인데.

그리고 내가 스즈하의 근육을 정성 들여 풀어주며 마사지하는 장면에 이르러서는 유즈리하 씨가 새빨개진 얼굴로 우리에게 삿대질하며 '파, 파렴치하다! 파렴치하기 짝이 없어!'라고 외쳤지만 그게 무슨 의미인지는 알 수 없었다.

5 (유즈리하 시점)

늦은 시각 사쿠라기 공작가 저택.

당주의 서재에서 공작과 그 딸이 진지한 표정으로 서로 마주 보고 있었다.

"그럼. 그 남자를 유즈리하는 어떻게 보았느냐?"

"공작가로 들이셔야 합니다."

유즈리하는 아무런 망설임 없이 단언했다.

"반드시, 꼭, 그리고 가능한 한 조속히 우리 공작가로 들이셔야 합니다. 물론 여동생인 스즈하도 엄청난 거물이니 함께 받아들일 수 있다면 만만세겠지만 우선 스즈하의 오라버니를 확실하게 붙잡는 일이야말로 가장 중요하다고 생각합니다."

"최상급의 평가구나."

"아뇨, 아버님. 최상급이라는 평가로는 부족하지요——스즈하의 오빠를 받아들이느냐 마느냐로 우리 공작가의 앞날이 크게 바뀌고 말 것이라는 게 저의 어리석은 생각입니다."

"왜 그렇게 생각하느냐?"

유즈리하는 흥분을 감추지 못하는 어조로 아버지에게 속마음을 전부 털어놓았다.

"우선 처음에 놀란 건 저조차도 승리하는 데 고생했던 스즈하를 마치 갓난아기 손을 비틀 듯 압도했다는 점입니다."

"……훈련이라서 그런 것 아니냐?"

"스즈하의 눈을, 움직임을 보면 알 수 있습니다. 어떻게든 자신의 오빠에게서 한 판을 따내고 싶다는 그런 진심이 드러났었죠. 그런 스즈하가 상대도 되지 않았습니다."

"흐음. 그럼 그 남자는 얼마나 강하지?"

"제가 싸워본 바로 스즈하는 현재 상태에서 최소한 기사단 톱클래스 정도로 강합니다. 그런 스즈하를 가볍게 제압했으니 스즈하네 오라버니의 능력은 최소한 기사단장 이상. 까딱 잘못하면……이 나라에서 가장 강할지도 모릅니다."

그 뒤에 유즈리하가 말을 덧붙였다.

"그보다 더 큰 충격은 그 『유연체조』와 『마사지』였습니다."

"호오?"

"제가 스즈하랑 싸우면서 진심으로 놀랐던 점은 몸의 움직임이 굉장히 부드럽고 또한 가동 범위가 압도적으로 넓음에도 불구하고 근육이 흡사 극한까지 뒤틀린 고무처럼 폭발적인 파워를 품고 있다는 점이었습니다."

"그 체질이 그 여동생의 강한 힘의 비결이냐."

"저도 그렇게 생각했습니다. 하지만——."

"뭐지?"

"……만약 그 질 좋은 근육이 스즈하 오빠의 유연 체조나 마사지에 의해 인위적으로 만들어 진 것이라면……?"

"……!"

공작은 말을 잇지 못했다.

불세출의 전쟁 여신인 자신의 딸이 절찬하는 스즈하의 가공할 만한 특상급 근육.

그게 다른 사람의 손에서 탄생했을 가능성을 나타냈기 때문에.

"아버님. 솔직히 말해서 전 지금 당장 스즈하의 오라버니를 우리 저택에 납치해서 매일매일 아침부터 밤까지 훈련을 하고 싶어서 못 참겠습니다. 그리고 훈련 끝에 스즈하의 오빠가 몇 시간이든 극상 마사지로 근육을 풀어줬으면 좋겠어요."

공작도 그 남자가 행하는 마사지는 지켜보았다.

다 큰 여동생의 팔이나 어깨나 다리는 물론 엉덩이나 허벅지 안쪽 깊은 곳까지 정성 들여 마구 주무르고 온몸의 상태를 확인해 마치 애지중지하듯 정성 들여 차분히 마사지를 해주었다.

평민 남매가 한다면 뭐, 상관없었다.

하지만 대귀족의 딸이 평민에게 그런 마사지를 받는다는 건 완전히 아웃이었다.

설령 의료행위라 주장해도 만약 이 사실이 알려지면 추문이 되는 건 불 보듯 뻔했다.

그 정도는 유즈리하도 이해하고 있을 터였기에 공작은 잘 타일렀다.

"유즈리하, 너도 알고 있겠지만 그건 인정할 수 없구나."

"……네…….''

"그리고 하나 더."

공작은 엄숙하게 선언했다.

"그 남자를 지금 당장 우리 공작가에 들일 순 없다."

"네——?!"

공작의 말에 유즈리하는 믿을 수 없다는 듯 달려들었다.

"노망나셨습니까, 아버님?! 스즈하네 오라버니의 실력은 최근 전장에 나가지 않는 아버님께서도 쉽게 느끼셨을 텐데요!"

"진정하거라, 유즈리하."

"지금 진정할 수 있겠습니까?! 만약 잘못 대응해 스즈하의 오라버니를 다른 귀족에게——아니, 그럼 다행이게요!

적대국에 빼앗기게 된다면 이 나라는 멸망의 위기에 직면할 수도 있습니다!!"

"그런 건 알고 있다. 그러니 내 이야기를 들거라, 유즈리하."

조용히 타이르는 공작의 위엄 있는 태도에 유즈리하는 겨우 진정을 되찾았다.

"시, 실례했습니다. 하지만 아버님."

"그 남자가 거물인 건 인정하마. 우리 공작가가 꼭 받아들여야 할 존재라는 것도. 하지만 그건 지극히 신중하게 행해야 하는 일이다."

"그건 어째서입니까?"

"너의 존재 때문이다, 유즈리하."

"……네?"

눈을 깜박거리는 유즈리하에게 '아무것도 모르는구나'라며 공작이 고개를 저었다.

"전장에서 보여준 너의 지대한 공적과 그에 따른 존재감은 현재 우리나라에서 지극히 크다. 실제로 차기 왕은 현 왕가에서 내지 않고, 네가 차기 여왕이 되어야 한다고 말하는 귀족까지 있을 정도다."

"그런 실없는 농담을 하는 무리가 있다는 건 알고 있습니다. 하지만 전 그럴 생각이 전혀 없습니다."

"네 의사가 문제가 아니란다. 문제는 그게 실현가능할 정도의 지명도, 혈통, 능력을 네가 마침 갖고 있다는 사실이다."

참나, 우리가 공작가가 아니라 남작가 등 하급 귀족이라면 더 나았을 텐데——라며 공작이 말을 이었다.

"현재, 왕가와 우리 공작가는 지극히 위태로운 권력 밸런스 위에서 균형을 유지하고 있다. 거기에 아무 생각 없이 너와 동등——혹은 그 이상의 전력이 된다는 그 남자를 우리 공작가에 들이게 된다면 어떻게 되겠느냐? 게다가 그 여동생까지 따라온다면?"

"밸런스가 무너진다고……?"

"그렇다. 우리나라의 귀족사회는 딱 절반으로 갈라져서 차기 왕좌를 둘러싸고 틀림없이 내전이 일어날 게다. 너나 그 남자의 의사 같은 건 관계없이."

"그, 그그그그그건 안 됩니다!"

왕족을 제외한 귀족 계급 최상위에 위치한 사쿠라기 공작가의 초대 당주는 당시 국왕의 동생이었고 그 이후에도 사쿠라기 공작가는 왕족과 오랫동안 혼인 관계를 맺으며 왕가를 보좌하는 것을 대대로 사명으로서 자랑해왔다.

그 교육은 유즈리하에게도 확고하게 계승되었다.

본인 때문에 나라가 갈라진다는 이야기에 얼굴이 창백해지는 것도 무리는 아니었다.

"하, 하지만 그럼……! 아버님은 스즈하의 오라버니를 우리 공작가로 불러들이지 못한다는 말씀이신가요……?"

"그런 얼굴 하지 말고, 고개도 떨구지 말거라."

"……하지만……."

"물론 그 남자는 최종적으로 우리 가문이 데려올 게다."

"!"

유즈리하가 고개를 벌떡 들었다.

"하지만 그러려면 치밀한 준비가 필요하다. 한 발만 잘 못 내디디면 내전이 일어날 테니."

"아, 네!"

"중요한 건 주위에서 우리 가문이 그 남자를 몰래 숨겼다고 생각 못 하게 하는 것. 그걸 위해 왕족과도 어느 정도 교류를 이어가면서 이름을 귀족 사회에 최소한으로 알리는 게 좋아."

"하지만 그러다 빼앗기기라도 하면……?"

"무엇을 위한 권력이냐. 우리에게서 그 남자를 빼앗으려는 어리석은 자는 밟아버리면 된다."

"——알겠습니다. 저로서는 권력을 등에 업는 건 싫지만 이 일에 관해서는 어쩔 수 없겠군요."

그렇게 말하며 수긍한 직후 유즈리하가 다시 어두운 표정을 지었다.

"하지만 스즈하네 오라버니의 능력이라면 왕가도 틀림없이 원하지 않을까요……? 특히 토코는 총명합니다."

공작영애인 유즈리하와 제1왕녀인 토코는 나이대가 비슷해 이른바 동지 같은 관계를 맺고 있었다.

유즈리하는 여기사, 토코는 마도사라는 차이는 있지만

두 사람의 공통점은 많았다.

뛰어난 존재감과 귀여운 미모.

이 세상 남성들의 망상을 구현해놓은 것 같은 발군의 스타일.

혼자서 군대까지 상대할 수 있는 압도적인 전투력.

그리고——차기 국왕 후보인 두 명의 왕자에게 미움받고 있는 것.

"토코가 손가락 빨고 바라보고 있을 거라고는 도저히 상상할 수 없습니다. 아버님, 대체 어떻게 해야 좋을까요……?"

물론 유즈리하는 친한 친구 토코와 절대로 싸우고 싶지 않았다.

하지만 귀족으로서 가끔은 집안을 위해 사적인 감정을 버려야 했다.

그런 유즈리하의 갈등을 아는지 모르는지 공작은 당연하다는 듯 말을 내뱉었다.

"물론 왕가를 짓밟을 순 없다. 하지만 이번 일에 한해 왕가에는 치명적인 약점이 있다."

"약점이라고요?"

"간단한 것이지."

"그건——?"

"모르겠느냐?"

공작이 턱에 손을 올려놓았다.

"왕족은 왕족 또는 상급 귀족과만 혼인할 수 있다. 과거에도 예외는 없었지."

그런 점에서 공작가에는 긴 역사 속에서 아주 소수지만 평민과 혼인한 예외가 있었다.

이 차이는 굉장히 크다고 공작은 단언했다.

어쨌든 마지막의 마지막이 되면.

외통수인 한 수를 본인들은 쓸 수 있고 왕가로서는 쓸 수 없는 것이니까——.

6

최근 스즈하의 귀가 시간이 늦어졌다.

왕립 최강 기사 여학원의 학생회 임원으로 취임했기 때문이다.

듣자 하니 1학년, 게다가 평민의 학생회 임원 취임은 전대미문의 큰 사건이라고. 우리 여동생이지만 자랑스러웠다.

그건 좋은데.

"다녀왔습니다, 오빠."

"어서 와, 스즈하. 오늘 저녁은 말린 정어리, 돼지고기 샤부샤부와 구운 어묵이야."

""와아.""

스즈하랑 함께 함성을 지르는 사람은 유즈리하 씨.

최근 유즈리하 씨는 매일처럼 학교에서 돌아오는 길에 스즈하랑 함께 우리 집에 들른다.

아니, 아니, 공작영애가 서민인 우리 집에 죽치고 있는 건 분명 이상해──라고는 생각하지만 귀족님께 그런 태클을 걸 순 없었다.

게다가 계급만 뺀다면 스즈하의 친구가 놀러 오는 건 대환영이었다.

"유즈리하 씨도 괜찮으시면 같이 드시죠."

"그래? 그럼 미안하지만 대접을 받도록 할까?"

아니, 유즈리하 씨, 본인도 스즈하랑 같이 '와아'라고 외쳤잖아요.

"그보다 유즈리하 씨, 말린 정어리는 먹어본 적 있으세요?"

"우리 집에서는 없어. 하지만 스즈하 집안 요리는 뭐든 맛있어서 늘 기대하고 있지. 매번 미안해."

"아뇨, 아뇨. 매일 스즈하가 신세를 지고 있으니까요."

그럼 왜 유즈리하 씨가 최근 항상 우리 집에 찾아오느냐, 두 사람의 이야기를 들어보면 아무래도 이런 흐름 같았다.

하나, 스즈하가 학생회 임원에 취임한 이후 학생회장인 유즈리하 씨는 매일 열심히 스즈하에게 학생회 업무를 지도해주고 있는 듯했다.

둘, 학생회 업무가 끝나면 또 유즈리하 씨가 스즈하를 실전 형식──이른바 진심이 담긴 대결로 열혈 지도를 해주고 있었다.

셋, 그렇게 너덜너덜 몹시 지친 스즈하를 그대로 귀가시키면 괴한에게 습격을 받아도 반격 못 한다는 이유로 유즈리하 씨가 집까지 바래다주는 것이었다.

……아니. 앞의 두 개는 몰라도 마지막 첨부 사항은 불필요할 것 같은데.

스즈하라면 아무리 너덜너덜한 상태라 해도 괴한이나 평범한 일반병에게 둘러싸이는 정도라면 충분히 되갚아줄 수 있을 것이다.

"잘 들어, 스즈하네 오라버니, 집까지 바래다주는 건 틀림없이 꼭 필요한 일이야."

"그런가요?"

"당연하지. 평소엔 힘 조절을 할 수 있는 상대에게도 녹초가 됐을 때는 제대로 힘 조절하기 힘들잖아."

"아아……그쪽이었나요……?"

"습격한 괴한을 무심코 엉망진창으로 때려눕혀 급히 달려온 경비병에게 사정을 계속해서 설명하는 건 굉장히 귀찮은 일이야. 아아, 그렇지, 싸움 따위보다 훨씬 더 귀찮은 일이라고……."

아련한 눈을 하는 유즈리하 씨.

아무래도 안 좋은 기억이 떠오른 듯했다.

아무리 봐도 경험자지?

*

서민이라는 사실이 적나라하게 드러나는 저녁 식사인

말린 정어리를 유즈리하 씨는 맛있다, 맛있다 하면서 모조리 먹어치웠다.

문제는 그 이후였다.

내가 스즈하에게 행하는 마사지를 유즈리하 씨가 잡아먹을 듯이 바라보고 있었던 것이다.

"빤히……."

"……저기……."

"빤히……."

"……유즈리하 씨……?"

솔직히 그렇게 바라보면 하기 힘든데.

폼이 안 난다는 건 충분히 알고 있었다.

어쨌든 몸 깊숙이 숨어 있는 이너 머슬까지 완벽하게 주물러 풀어주기 위해 엉덩이 안쪽까지 손가락을 집어넣는 것처럼 보였으니까. 정확하게는 좀 다르지만.

"……저, 저기……, 뭔가 하고 싶은 말씀이라도……?"

"그, 그런 건 없어! 그런 건 없다고! 나도 스즈하네 오라버니한테 몸속까지 마사지 받고 싶다는, 그런 생각은 정말 1밀리미터도 하지 않았어!!"

"그, 그러세요……?"

그럼 그렇게 분한 눈으로 바라보지 않았으면 좋겠는데요.

실은 유즈리하 씨도 이전에 나의 마사지를 받은 적이 있었다.

그날도 오늘처럼 내가 스즈하에게 해주는 마사지를 너

무 열심히 지켜보길래 괴로운 나머지 '유즈리하 씨도 받아
보실래요?'라는 말을 꺼냈는데 바로 내 말을 끊고, '그, 그
래?! 그럼 길고 짧은 건 대봐야 안다고 했으니 한번 시험
해봐야겠네! 잘 부탁해!'라고 답했던 것이다.

하지만.

마사지를 끝낸 후 어쩐지 납득이 가지 않는달까, 불완전
연소된 것 같은 얼굴을 하고 있었으니 내 마사지는 마음에
들지 않았던 것일 텐데——.

"……역시 달라."

"네?"

"스즈하의 오라버니가 스즈하에게 행하는 마사지와 나
에게 행한 마사지는 전혀 달라. 대체 어떻게 된 것이지?!"

"그야 당연하죠. 몸속까지 주물러서 풀어주는 이런 외설
스러운 마사지를 남매도 아니고 하물며 대귀족인 유즈리
하 씨에게 해줄 수 있을 리가 없잖습니까."

"그건 치사하군. 귀족차별 아닌가?"

이 공작가 직계 장녀 아가씨가 대체 무슨 소릴 하는 거야?

"아니, 아니, 아니, 만약 스즈하랑 같은 마사지를 해줬다
가 아버님께 들키면 귀족 모욕죄로 벌만 받고 끝나지 않을
겁니다! 저도 스즈하도 참수형이라고요."

"아버님이라면 분명 괜찮을 거야. 그 이외에 어떤 죄도
일절 묻지 않겠다. 나의 몸과 마음 전부를 걸고 보증하지."

"그보다 그 이전에 일반적인 상식선에서 아웃이에요."

"어째서?"

"결혼도 안 하신 아가씨잖습니까."

"만약 미래 남편과의 첫날밤 전에 그대가 내 엉덩이를 능욕한다고 해도 그 정도의 사소한 일을 문제 삼을 만한 배짱 없는 녀석은 날 아내로 맞이할 아량이 부족한 자겠지. 그런 남자는 내가 거절하겠어. 게, 게다가. 혹시 만에 하나 내가 시집갈 곳이 없다면 그대가 책임을 진다는 방법도 있고……."

"냉정해지세요. 아량이 부족하든 말든 일반적인 상식에서 유즈리하 씨가 완전 아웃이니까요."

"크윽. 이리저리 변명만 늘어놓고."

웬일인지 분한 듯 이를 가는 유즈리하 씨.

어떻게 원만하게 수습해야 좋을지 몰라 곤란해하자 나의 마사지가 멈춘 손 아래에서 스즈하가 갑자기 떠올랐다는 듯 말했다.

"어쩌면 유즈리하 씨도 그냥 강해지고 싶은 것뿐일지도 몰라요."

"──응?"

"오빠의 마사지는 확실히 이 세상 어떤 마사지와도 다르고 독자적이잖아요. 그렇다면 당연히 원하게 되겠죠."

"유즈리하 씨는 그렇게 강한데?"

"아무리 강해도 더욱더 높은 곳에 올라가려는 욕심은 줄어들지 않죠. 오빠도 잘 알고 있잖아요."

"흐음……."

그렇다면 딱 잘라 거절하는 것도 좀 그런데.

게다가 유즈리하 씨 본인이 어떤 죄든 절대로 묻지 않겠다고 단언했으니, 그렇다면——.

"저, 저기. 그럼 유즈리하 씨, 한번 해보시겠어요?"

"으음?!"

"스즈하에게 해주는 것처럼 체내 깊숙이 숨어 있는 이너 머슬까지 완벽하게 풀어주는 마사지입니다. 물론 내용이 내용이라 만에 하나 들키면 유즈리하 씨는 혼인을 못 하게 될 가능성도 충분히 있으니 무리하게 강요하진 않겠습니다만——."

유즈리하 씨의 반응은 극적이었다.

지금까지 울 것처럼 분해 보이는 얼굴이었는데 순간 만면에 웃음을 띠었고 서둘러 쿨한 페이스를 가장했다.

귀족은 감정을 겉으로 드러내면 얕보인다고 생각하는 걸지도 모른다.

그래도 입술 끝이 실룩실룩 움직이는 건 멈추지 못했지만.

도저히 대귀족의 딸이라고는 생각할 수 없었다.

"그그그그래?! 아니, 그래, 그래, 그대가 그렇게 마사지를 해주고 싶다면 어쩔 수 없지!"

"아니, 저로서는 굳이 말하자면 굉장히 반대하는 편인데——."

"아니, 아니, 아니, 그 이상은 말 안 해도 돼! 뭐, 나도 귀족의 의무로서 서민의 마사지라는 것을 알아둘 필요가 있지!"

"네에에——?"

"참, 내가 귀족이라고 절대로 적당히 봐주려고 생각하지 마. 스즈하랑 완전하게 똑같은, 힘 조절 안 하는 온 몸과 마음을 다한 마사지를 부탁하겠어!"

"……뭐, 좋습니다."

그 이후 바로 옷을 벗어 던지고 팬티 한 장 차림으로 침대에 가로누운 유즈리하 씨에게 난 원하는 대로 전신 마사지를 실시했다.

참고로 나의 마사지는 익숙해질 때까지는 꽤 아픈데도 시키는 대로 사양 않고 힘껏 주물렀다.

그 결과 내가 지압할 때마다 유즈리하 씨는 육지로 끌려온 생선처럼 움찔움찔 성대하게 튀어 올랐다.

참고로 오늘 유즈리하 씨의 속옷은 검은색이었다.

그 모습을 본 스즈하가 몹시 감탄한 표정으로 '이, 이게 귀족 영애의 에로스를 자아내는 상급 속옷이군요……!'라고 말해서 오빠로서 살짝 걱정이 됐다.

7

어느 휴일, 나랑 스즈하는 유즈리하 씨에게 호출당했다.

공작가에서 마련한 고급 마차를 타고 찾아온 곳은 무려

사쿠라기 공작가 저택.

놀란 내 옆에서 스즈하는 새침한 표정을 짓고 있었으니 어디로 가는지 알고 있었던 거겠지.

그럼 좀 알려줬으면 좋잖아. 이런 일은 심장에 안 좋다고.

"와아, 두 사람 다 어서 와."

대체 무슨 일인지 물을 틈도 없이 우리는 광대한 부지 안으로 안내받았다.

"스즈하랑 오라버니, 오늘은 와줘서 고마워. ——오늘은 스즈하랑 둘이서 스즈하의 오라버니에게 하루 동안 지도를 부탁하고 싶어서 불렀어."

"지도요……?"

"그래. 그대가 항상 스즈하랑 하고 있는 전투 트레이닝이나 실전 훈련 말이야. 물론 유연체조나 마사지도."

"네에."

대귀족의 생각 같은 건 잘 모르겠다.

내가 스즈하를 트레이닝시키고 실전훈련 상대가 되어주고 유연체조를 지도하고 마사지를 해주는 건 솔직히 말해서 돈 없는 서민이기 때문이었다.

만약 우리가 유즈리하 씨 정도까지는 아니라 해도 귀족이거나, 평민이라 해도 돈에 여유가 있는 환경이었다면 분명 전문적인 사람을 고용했겠지.

대체 무슨 생각일까.

"스즈하의 오라버니는 복잡한 얼굴을 하고 있네. 하지만 굳이 어렵게 생각 안 해도 돼, 오늘은 그런 놀이에 동참해 줬으면 하는 것뿐이야. 물론 오늘 하루 지도 비용은 정확하게 지불할게."

"아뇨, 아마추어니까 지도에 돈을 요구하진 않습니다."

"그러지 말고 받아줘. 그럼 시간 아까우니까 바로 시작할까?"

*

유즈리하 씨가 끌고 온 곳은 저택과 좀 떨어진 곳에 세워진 훈련장이었다.

실내로 들어가자 중심에는 직경 30미터 정도의 마법진이 눈부시게 빛나고 있었다.

마법에 대해선 잘 모르는 내가 봐도 알 정도로 극히 정교하고 치밀한 마법진이었다.

만드는 데 막대한 돈이 들어간 건 틀림없었다.

"이 마법진은 시합장이기도 해. 즉 마법진 안에서 싸우는 거지."

"이 마법진은 대체 어떤 효과가 있나요?"

"이 마법진에는 마법진 안에서 죽은 생물을 재생하는 힘이 있어. 즉——."

"즉?"

"설령 전투 훈련에서 몇 번을 죽어도 되살아나는 게 가능하지. 굉장히 편리해."

"이 마법진을 사용해 전투 훈련을 하라고요?"

"결국 훈련으로의 성장이 아무래도 실전에 뒤떨어지는 이유는 사망 가능성의 유무 때문이니까."

그 이치는 잘 알고 있었다.

아무리 훈련을 거듭해도 한 번의 실전에선 당해낼 수 없는 부분.

그건 실제로 생명의 위기를 체험하면서 능력의 비약적인 성장이 조장되는 것에 있다.

폭발적 성장, 때로는 각성이라고까지 불릴 정도의 진화는 언제든 지극히 심각한 생명의 위기에 의해 억지로 끌려 나오는 것이니까.

"그건——굉장히 매력적이군요."

"그렇지?"

과연, 그래서 유즈리하 씨가 강한 것이었다.

생명의 위기를 일부러 부여해 폭발적으로 성장시키다니 보통은 절대로 할 수 없는 일이었다.

아무리 강해져도 그런 일을 계속하다 보면 언젠가 정말 죽을 테니까.

하지만 저 마법진이 있다면 그 단점은 해소된다.

"스즈하의 오라버니는 잘 알고 있네. ——이 세상에는 아무리 죽어도 되살아날 수 있다면 의미가 없다고 생각하는 무리들이 있어."

"네에, 있죠."

"그럼 한번 죽어보라고 말하고 싶어. 인간이 가진 생존 본능은 그만큼 만만한 게 아니야. 아무리 머리로는『되살아난다』는 걸 알아도 정말 죽게 되면 뇌수도 콸콸 흘러나오고 주마등도 빙글빙글 돌아가. 덕분에 난 유소년기를 확실하게 기억하고 있지."

"그러신가요?"

주마등이 몇 번씩이나 반복된 덕분에 보통이라면 떠오르지 않을 기억도 선명하다고 말하고 싶은 거겠지.

"그럼 스즈하와 오라버니. 실전 훈련을 시작해볼까──?!"

처음에는 스즈하와 유즈리하 씨의 훈련에 내가 가끔 참가하는 줄 알았다.

하지만 훈련은 실전 형식으로 스즈하와 유즈리하 씨 대 나의 구조로 하게 되었다.

스즈하와 유즈리하 씨가 둘이서 날 덮친 것이다.

스즈하는 처음에는 주저했지만 금방 익숙해져 나의 급소를 퍽퍽 노리게 되었다. 아니, 진심으로 1밀리미터의 오차도 없이 급소 그 자체밖에 노리지 않았다.

유즈리하 씨는 말할 것도 없고.

그렇다고 해도 유즈리하 씨의 힘은 스즈하보다 한두 단계 강할 정도였으니 날 상대하면서 꽤 힘 조절을 하고 있는 거겠지.

어쨌든 난 기사도 뭣도 아닌 아마추어니까.

"——오빠! 왜 제 공격이! 안 맞는 거예요?!"

"그야 맞으면 죽으니까."

아무리 되살아난다고 해도 죽고 싶지는 않다.

스즈하의 손끝 찌르기, 돌려차기, 손바닥 치기나 눈 찌르기, 가끔은 따귀 때리기.

그 중 어느 것도 정통으로 먹힌다면 사망이 확실한 위험한 공격이었다.

그런 공격을 계속 피하면서 피하지 못할 때는 몸을 비틀어 급소를 벗어나도록 처리했다.

한편 유즈리하 씨도 똑같았다.

다만 이쪽은 더욱더 공격이 예리해 몇 번인가 위험한 장면도 있었다.

하지만 어떻게든 회피할 수 있었다.

이 두 사람이 합동 공격을 해오면 정말 죽을지도 모른다. 아니, 되살아나긴 하겠지만.

8 (공작 시점)

보고를 위해 당주의 서재를 방문한 딸을 보며 공작은 무심코 눈을 크게 떴다.

"——그 얼굴은 무엇이냐, 유즈리하? 마치 본인이 거의 인류 최강이라고 자신했는데 압도적인 강자에게 손 쓸 엄두도 내지 못하고 완패해 자신이 고작 잔챙이 암컷이었다는 사실을 깨달아 존엄과 정체성이 산산이 파괴된 결과 지금도 울고 싶은 걸 참고 있는 소녀 같잖니."

"아버님……거기까지 알고 계신다면 그냥 가만히 계십시오……."

"정곡을 찌른 것이냐?"

정곡을 찔렀다.

물론 유즈리하도 스즈하 오빠의 힘을 얕보고 있었던 건 아니었다.

적어도 그럴 생각이었다. 하지만──.

"설마 한 방도 통하지 않을 줄은 몰랐습니다."

"한 방도?"

"네……."

"그 남자를 죽일 생각으로, 그 남자에게 죽을 생각으로 죽을힘을 다해 싸웠는데도?"

"네……."

"넌 옛날부터 그 훈련 방법에 익숙해져 있다. 그런데도?"

"……죄송, 합니다……."

유즈리하의 떨군 얼굴에서 닭똥 같은 눈물이 몇 번이나 바닥에 떨어졌다.

그 정도로 굴욕적이었다.

압도적인──성인과 아이의 차이 정도, 혹은 그 이상의 실력 차였다.

하지만.

"하지만……성과는 있었습니다."

"흐음?"

"전 오늘 훈련으로 지금까지 상상조차 불가능했던 무예의 극──아뇨, 폭력의 극한을 봤습니다. 느꼈습니다. 그렇다면 전 지금부터 좀 더 좀 더 강해질 수 있습니다."

"한 가지 의문인데……그 남자는 왜 그렇게 강한 것이냐?"

아버지인 공작의 질문에 유즈리하는 눈물로 젖은 얼굴을 닦았다.

"솔직히 저도 이유를 모르겠습니다. 그 정도로 터무니없이 강합니다."

"그런가."

"이건 제 나름대로의 추측입니다만."

"들어보겠다."

"스즈하의 오라버니에게 물어봐도 일반적인 훈련 이상은 하지 않는 것 같았습니다. ──하지만 다른 건 마사지였습니다."

"흐음."

힘의 비결이 마사지라는 말을 진지하게 들어도 평소라면 웃어넘겼을 것이다.

하지만 공작은 유즈리하에게서 몇 번이나 같은 보고를 받았다.

어쩌면 그것이야말로 스즈하가 유즈리하를──수많은 전장에서 압도적인 무예를 펼친 결과, 살육의 전쟁 여신이

47

라는 별명이 붙은 유즈리하를 경탄하게 만든 힘을 얻은 비결일지도.

"스즈하에게 해주는 그 최상급 마사지 말입니다만, 아무래도 자신의 몸에도 행하고 있는 것 같습니다. 게다가 본인 전용의 좀 더 강력한 마사지를 매일매일 정성 들여."

"그게 힘의 비결이냐?"

"아마 그런 것 같습니다."

유즈리하가 한번 말을 끊었다.

"스즈하의 오라버니는 천성적인 무술 센스도 초일류지만 무엇보다 근육이 무시무시합니다."

"겉보기에는 평범한 근육질 청년이던데."

"아뇨, 아버님. 겉모습에 속아선 안 됩니다. 예를 들어 저의 근육도 유연성, 밀도, 출력, 강인함 등 일반병보다 가볍게 수십 배는 낫다고 자신하지만——스즈하 오빠의 근육은 저조차도 훨씬 상회하는 근육질의 소유자가 아닐는지요."

"흐음?"

"그 차이는 흡사 세계 톱 브랜드 품평회의 최우수상을 수상한 초극상 소와 평범한 소의 차이와 같은——아니, 그보다도 훨씬 더 차이가 벌어져 있겠죠."

"그런 일이……있을 수 있는 것이냐?"

"모르겠습니다. 하지만 그 정도밖에 떠오르지 않았어요."

"……그런 마사지가 만약 정말 존재한다면 정말로 혁명

아니겠느냐……."

"그렇죠. 단련이나 병사육성이론에 있어서 혁명이죠."

"그것뿐만이 아니다. 만약 처음에 그것을 손에 넣는다면 그 세력은 문자 그대로 세계를 통일할 수 있을 정도의 전력을 얻을 수 있겠지──."

그 이후에도 몇 마디 말을 나눈 후 공작은 딸을 내보냈다.

조용해진 서재에서 미간을 찡그리며 생각했다.

"평민 소녀와 그 오빠, 라……."

아무리 얼굴을 맞대면 엄하게 말한다 해도 공작은 유즈리하의 전투력을 극히 높게 평가하고 있었다.

그런 유즈리하가 압도적으로 유리한 상황에서 손을 쓸 엄두도 내지 못했다니.

그것은 안 그래도 최상급이었던 스즈하 오빠의 평가를 더욱더 상향 수정할 필요가 있다는 뜻이었다.

"역시 혼인인가……하지만, 으으음……."

공작이 봐도 딸인 유즈리하는 믿을 수 없을 정도로 매력적인 미소녀로 성장했다.

그 미모야말로 엘프가 무색할 정도.

몸매 또한 나올 곳은 나오고 들어갈 곳은 들어간, 특히 가슴 부분의 성장은 서큐버스에게조차 압승할 레벨의 발육 과잉 상태였다.

유즈리하를 아내로 줄 테니 공작가로 들어오라고 했을

때 덤벼들지 않을 남자는 어디에도 없을 것이다.

하지만 아서는 공작가 당주이면서 한 명의 딸바보이기도 했다.

자신이 정략결혼을 강요당했던 반동도 있는 걸까. 사실 그는 본인의 딸은 집안과는 상관없이 자유롭게 연애를 했으면 좋겠다고 생각했다.

하지만 태어나면서부터 대귀족이었던 입장으로서는 딸의 결혼 상대가 평민이라는 사실이 아무래도 좀 마음에 걸리는 것이다.

어쨌든 공작이 딸에겐 비밀로 만들고 있던 결혼 상대 후보 리스트에는 왕족이나 타국의 황태자를 시작으로 한 대귀족이 죽 늘어서 있었으니까.

"……뭐, 어쨌든."

공작이 관자놀이를 주무르며 중얼거렸다.

"우리 딸을 울린 책임은 충분히 져야겠지……큭큭큭……."

공작의 딸은 유즈리하만 있는 건 아니었다.

공작가 영지로 돌아가면 둘째, 셋째 딸도 있고 뭣하면 혈족들 중에서도 적령기의 딸들은 많이 있었다.

그중 누굴 시집보낼지는 차치하고.

어쨌든 스즈하의 오빠를 공작가로 불러들이는 일은 결정된 사항이니까.

2장 왕녀와 고블린 퇴치와 흡혈귀(사투편)

1

어느 날 스즈하가 학원 시험을 도와달라고 부탁을 해왔다.

"시험공부를 가르쳐달라고?"

"아뇨, 오빠, 그게 아니라."

자세한 이야기를 들어보니 왕립 최강 기사 여학원 1학년 최초의 중간고사는 고블린 퇴치로, 며칠에 걸쳐 고블린 마을로 원정을 간다는 것이었다.

그래서 나에게 원정 도움을 요청하고 싶다고 했다.

"예정 인원이 부족해서 유즈리하 씨가 직접 오빠를 지명했어요. 뭐, 오빠를 지명했다는 점에서 역시 학생회장이라고 할까요――그래서 오빠는 어떻게 할래요? 일당은 제대로 나온다고 했는데."

"물론 가야지."

나로서는 이의가 없었다.

아무튼 대귀족이 지명한 소집 영장.

뭘 할지 모르지만 그래도 응할 수밖에 없지.

*

시험 첫날.

스즈하와 함께 학원 집합 장소까지 가보니 그곳에는 유즈리하 씨와 또 한 사람, 낯선 얼굴의 미소녀가 기다리고 있었다.

나이는 스즈하나 유즈리하 씨랑 비슷해 보였다.

유즈리하 씨와 거리낌 없이 대화하는 모습을 보면 이 사람도 분명 귀족이겠지.

우리가 다가가자 소녀는 환한 미소를 지으며 인사를 건넸다.

"어머, 어머. 당신이 소문으로만 들었던 스즈하 오빠?"

"스즈하 오빠라는 게 무슨 소리죠?"

"그야 스즈하의 오빠잖아? 그러니까 스즈하 오빠. 난 토코라고 해. 앞으로 잘 부탁해."

"저야말로."

귀족일 텐데 꽤 상냥한 태도였다.

게다가 토코 씨는 이름을 알려주긴 했지만 작위도 가문 이름도 설명하지 않았다.

즉 서로 귀족과 평민이 아니라 신분에 얽매이지 않는 인간관계를 맺고 싶다는 의사 표명이었다. 그렇다면 그 배려를 감사히 받아들여야지.

역시 경어는 뺄 수 없겠지만.

"저기, 토코 씨는 스즈하랑 같은 신입생인가요? 아니면 유즈리하 씨와 같은 클래스인가요?"

"둘 다 아니야. 난 학원 관계자지만 학생이 아니니까. 스즈하 오빠처럼."

"아아. 조수?"

"그렇지. 난 마법이 전문이라 기사는 도저히."

"……흥, 말은 잘하지……."

"시끄러워. 유즈리하는 입 다물고 있어."

무언가 말하고 싶어 하는 유즈리하 씨의 태도를 보니 토코 씨도 단순한 학원 조수는 아닌 듯했다.

입고 있는 옷도 아무리 봐도 마도사 같은 느낌.

새하얀 블라우스에 리본 타이, 밑에는 미니스커트에 니하이 삭스라는 왕립 최강 기사 여학원 교복을 입은 두 사람과 달리 토코 씨는 새까만 복장이었다.

차양이 넓은 검은 삼각 모자에 검은 블라우스, 가터벨트에 검은 롱부츠.

검은 핫팬츠 사이로 타이트한 허벅지가 드러났다.

게다가 검은 눈동자와 보브컷 검은 머리에 마도사용 지팡이까지 갖고 있었다.

"그럼 같은 조수로서 잘 부탁드립니다."

"응, 응, 스즈하 오빠. 잘 부탁해."

"사실 조수라는 말은 들었지만 어떤 일을 하는지는 하나도 몰라서요."

"응? 뭐, 딱히 대단한 건 아니니까 신경 안 써도 되지 않을까? 때마다 나도 지시할 거고."

"감사합니다."

고개를 숙이는 나에게 토코 씨는 응응 고개를 끄덕이고 말했다.

"그럼 우선 날 목말로 옮겨줘."

"네. ……네?"

"아니, 난 약해빠진 마도사니까 장기간 걸어서 이동하는 건 힘들잖아? 그러니까 스즈하 오빠가 옮겨 주면 좋지 않을까?"

"……그건 상관없는데 목말인 이유는요?"

"꼼꼼하게 주변을 둘러보기에 난 너무 작으니까——."

뭐, 딱히 상관은 없지만.

토코 씨의 지금이라도 터질 것 같은 포동포동한 허벅지 사이로 들어가 벌떡 일어났다.

"와아——, 높다, 높아! 잘 보여!"

어린애처럼 신나 보이는 토코 씨.

만에 하나라도 떨어뜨리지 않도록 균형을 잡고 있자 등을 꾹꾹 찔러댔다.

"저기, 오빠……나중에 저도 해주시면 안 돼요……?"

"난 상관없지만 스즈하는 치마를 입었으니까 팬티가 다 보일 텐데?"

"으윽……! 오빠에게 경박한 모습을 보여주긴 싫어요……. 하지만, 하지만 오빠의 목말은 너무 매력적이고……!"

스즈하가 진심으로 고민하기 시작하고 말았다.

뭐, 내가 스즈하를 목말에 태워도 나에게는 팬티가 보이

지 않겠지만.

험한 산속을 수십 명의 신입생과 교관들이 함께 걸었다.

하지만 우리는 그 속에 없었다.

왜냐하면 우리의 역할은 『신입생들의 시험이 깔끔하게 치러질 수 있도록 몰래 뒤에서 지켜보는 것』이니까──.

"……하지만 올해 신입생도 모두 다 됨됨이가 별로인 것 같은데?"

내 어깨에 올라탄 토코 씨가 멀리 보이는 신입생들을 바라보며 직언을 늘어놨다.

"그렇게 말하지 마. 나나 스즈하를 기준으로 생각하지 말고 평범한 신입생 아가씨들이라고 생각하면 저 정도가 보통이니까. 스즈하도 그렇게 생각하지?"

"저기, 저도 파릇파릇한 신입생인데요?"

"스즈하가? 거짓말하지 마, 이미 적국 군단 3, 4개는 파멸시켰을 것 같은 느낌인데? 나이를 속이고 입학했다는 의혹조차 있다고."

"오빠, 이 사람들 너무해요. 처벌해주세요."

"그건 못 해!!"

그렇다고 해도 스즈하가 공작 영애인 유즈리하 씨와 농담도 주고받을 수 있을 정도로 친해져서 평민 오빠로서는 일단 안심이었다.

귀족 두 사람을 상대로 겁을 먹지도 않는 우리 여동생, 좀 대단한데.

"──그런데 토코 씨. 계속 신경 쓰였는데요."

"응? 뭐지? 스즈하 오빠?"

"전 외부인이라 여기 있어도 괜찮지만 스즈하는 저 안에 섞여서 학원 시험을 치러야 하는 거 아닌가요?"

순수한 의문이었다.

학생회장이자 공작영애인 유즈리하 씨한테 직접 따로 행동을 명받은 이상 시험 결석으로 낙제점을 받아 유급하는 일 따위는 없겠지만, 그래도 만약을 위해 확인해두고 싶다.

내 질문에 목말을 타고 있는 토코 씨가 쓴웃음을 지었다.

"그건 걱정할 것 없어. 게다가 스즈하가 시험을 치르면 정말 당치도 않은 일이 생길 테니까."

"당치도 않은 일……?"

"예를 들어 스즈하가 혼자 고블린 소굴로 돌입하면 전멸 시킬 때까지 어느 정도 시간이 걸릴 것 같아?"

토코 씨의 질문에 난 잠시 생각했다.

"……글쎄요. 보통 고블린 킹이 정점인 고블린 집단에서 100마리 정도라면 10분. 하지만 좀 더 숫자가 많고 오우거까지 섞여 있다면 30분 이상은 걸리겠죠."

"응, 응, 나도 그 정도일 거라고 생각해. ──그리고 저 신입생들이 만약 똑같은 일을 겪게 된다면?"

고개를 갸웃거렸다. 멀리서 보기에는 전혀 강하게 보이지 않는데…….

"글쎄요……1시간? 아니면 2시간?"

"삐삐──. 완전히 틀렸어, 스즈하 오빠."

"그럼 몇 시간이 걸린다는 거죠?"

"몇 시간이 아니야. 내답은 전멸. 참고로 단독이 아니라 교관의 도움 없이 신입생 모두가 돌입해도 전멸할 거야──."

"네?"

무심코 바보 같은 소리가 흘러나왔다. 그야.

"그럼 여기사는커녕, 일반병과 다르지 않잖아요."

"뭐, 신입생은 보통 그래."

"……그런가요?"

"그래. 그래서 스즈하가 섞여서 시험을 치르면 혼자 전멸시킬 테니까 시험이 안 되겠지? 이제 왜 스즈하가 시험 면제에 조수 요원을 맡게 됐는지 알겠어? 참고로 스즈하 오빠도."

"과연……."

"하지만 유즈리하의 이름이 너무 많이 팔려서 우리 학원의 시험을 방해하려는 바보가 늘어나서 정말……아, 말하는 중에 바보 발견."

토코 씨가 멀리 오른쪽 경사진 곳을 가볍게 노려보았다.

아무래도 문제를 발견한 듯했다.

"산적이 대충 20명. 틀림없이 학생들이 올 때까지 매복하고 기다렸겠지──, 안 그래, 유즈리하?"

"어디, 어디, 흐음……좋아. 스즈하네 오라버니가 나설

차례야."

"아, 네!"

"지금부터 조금 앞질러 가서 산적들을 무찌르고 와."

"네에에?!"

"왜, 못 하겠어?"

"뭐, 그 정도라면……할 수 있는데요."

이래 봬도 왕도로 나오기 전에는 마을을 습격한 도적들을 역으로 쓰러뜨린 적도 있었다.

산적이 숙련된 병사거나 기사 나부랭이가 아닌 한, 나도 나름대로 싸울 자신은 있다.

게다가 이전 전투 훈련으로 유즈리하 씨는 나의 기량을 알고 있었다.

그렇기에 여기서 날 지명했겠지.

갑자기 말을 들었을 때는 깜짝 놀랐지만 생각해보면 납득할 수 있었다. 적어도 내가 목말 요원으로서 불려온 건 아닌 것 같아서 내심 안심했다.

"그럼 스즈하네 오라버니, 미안하지만 산적을 부탁해. 우리도 함께 가고 싶지만 따로 학생들을 습격하는 녀석이 있을지도 몰라서."

"알겠습니다."

"조금이라도 위험을 느끼면 바로 도망쳐. 학생들이 눈치 못 채게 하는 게 바람직하겠지. 산적 생사는 묻지 않겠지만 가능하면 심문할 수 있게 살려두는 게 좋아. 회수부대는 따로 있으니까 그대가 심문이나 전리품 회수를 할 필요는 없어. 그러니 모두 전투 불능 상태가 되면 바로 돌아와. 질문은?"

"없습니다."

"저, 저기! 저도 오빠랑 같이 가도 될까요?!"

"상관없어. 오빠를 마음껏 지켜주도록 해."

"네!"

스즈하가 당당한 기세로 고개를 끄덕였다. 기합이 엄청 들어가 있는 게 느껴졌다.

오빠인 내 앞에서 성장한 모습을 실전에서도 보여주고 싶을지도 모른다.

"그럼 다녀오겠습니다."

"그래. 조심해."

그렇게 난 스즈하와 함께 산적 퇴치에 나섰다.

*

결론부터 말하자면 굉장히 맥 빠졌다.

산적들이 뒤늦게 출현한 놈들까지 포함해서 모두 너무나 약했으니까.

"……오빠라면 모두 모아서 손가락 하나로도 쓰러뜨릴 수 있는 거 아니에요?"

"아니, 스즈하. 싸움 중에 한눈팔지 마."

"죄송해요, 오빠. 하지만 이 사람들 장비만은 훌륭한데
요……?"

그건 나도 의문이었다.

게다가 그냥 고급인 것이 아니다. 그 속에는 미스릴로
만들거나 세공이 꼼꼼하게 된 걸작도 있고, 산적보다는 어
딘가 타국의 기사라는 게 더 잘 어울릴 것 같은 굉장히 튼
튼한 장비들이었다.

어디서 주웠겠지만 이걸 팔면 평생 편하게 살 수 있을
텐데 왜 산적으로 살고 있는지 의문밖에 들지 않았다──
그리고.

"스즈하."

숨죽이고 틈을 노려 지금 바위 뒤에서 스즈하의 등 뒤를
베려던 산적이 나의 시야에 날아들었다.

껑충 뛰어 다가가 힘껏 남자를 걷어찼다.

산적은 굉장한 기세로 공중을 날아 1킬로 너머 산으로
내던져졌다──.

"방심하면 안 되지, 스즈하."

"오, 오빠! 감사합니다!"

"뭐, 스즈하라면 그대로 베여도 큰 상처는 안 생겼겠지만."

그보다 스즈하라면 아마 직전에 눈치채고 피했을 가능
성이 높다.

그걸 알고 있지만, 그럼에도 무심코 건드리게 되는 게
오빠라는 존재겠지. 아마.

3 (토코 시점)

어느 깊은 밤, 산속 동굴에서 두 남매가 잠들어 있었다.

긴장을 푼 모습으로 위를 보고 드러누워 있는 청년은 꼼짝도 하지 않았다.

그리고 청년이 내팽개친 오른팔에 안긴 듯한 모습으로 소녀가 행복한 표정으로 숨소리를 내고 있었다.

무서울 정도로 귀여운 미소녀지만, 아직 10대 후반인 소녀의 유방은 규격보다 컸다.

소녀는 과잉 발육에도 정도가 있는 그 앞가슴을 청년의 팔에 비비며 작게 잠꼬대를 중얼거리고 있었다——.

"……오빠. 초밥도 튀김도 질렸어요……? 어쩔 수 없죠, 그럼 내가 동방에서 전해지는 전설의 요리……그 이름도 무시무시한 여체 안주를……크후후후……."

그런 동굴 밖에서는 두 명의 소녀가 망을 보며 서 있었다.

말할 것까지도 없이 유즈리하와 토코였다.

"그럼 토코는 스즈하의 오라버니를 어떻게 봤어? 갖고 싶지?"

유즈리하의 돌직구 질문에 토코는 오버하며 어깨를 움츠렸다.

"당연히 갖고 싶지. 산적 나부랭이라며 해치운 녀석들이 전부 다양한 나라의 상급 병사들이잖아. 유즈리하를 암살하기 위해 각국에서 보낸 정예를 모조리 쓰러뜨린 거라고."

"그러면서 전혀 눈치 못 챘던 게 웃겼지."

"본인은 마지막까지 단순한 산적이라고 믿었으니까——."

"스즈하의 오라버니만큼 강하면 산적이든 상급 병사든 모두 다 송사리일 테지. 드래곤 앞에서는 쥐도 고양이도 다를 게 없다고들 하잖아."

"그렇겠지. 뭐, 스즈하 오빠를 손에 넣고 싶어 하지 않는 귀족이 있다면 그 일족은 즉시 멸망하지 않겠어?"

"하지만 스즈하 오빠는 우리 공작가 손안에 있어. 어때, 분하지?"

"참나……이번만큼 나의 태생을 한탄한 적이 없었어."

"왕녀는 평민과 결혼 못 하니까."

토코는 현 국왕의 장녀, 즉 직계 왕족의 한가운데에 있었다.

마도사로서의 능력이 뛰어난 데다 엘프에게도 지지 않을 아름다움에 스타일도 무서울 정도로 남성들 취향인 토코는 그런 탓에 두 명의 오빠에게서 꺼려지고 있었다.

그렇게 지금은 왕립 최강 기사 여학원 이사장이라는 명예만 있는 한직으로 쫓겨난 상태.

적어도 두 명의 오빠는 그렇게 생각하고 있다.

"……그 바보 오빠들이라면 서민 따위 필요 없다고 잠꼬대를 지껄일지도 모르지만."

"아무리 그래도 그렇게까지 바보는 아니겠지."

"아니, 아니, 그렇지 않다니까——. 명성을 날리고 있는 유즈리하가 학생회장으로 있는 왕립 최강 기사 여학원 이사장 직위를 아직까지도 한직이라고 생각하잖아. 그런 고정관념으로 굳어진 아주 어리석은 사람들이니까."

"뭐, 왕자 둘이 멍청하다는 건 부정하지 않겠지만……."

토코는 새롭게 현재의 상황을 분석했다.

자신과 유즈리하, 스즈하, 그리고 스즈하의 오빠.

개개인으로도 치트급으로 강한 4명이 힘을 모으면 터무니없이 큰 군사력이 된다.

즉 그건.

포기했던 토코 여왕 탄생의 가능성에 크게 가까워진다는 뜻.

"……그래서. 유즈리하는 대체 어쩔 생각이야?"

"어쩔 생각이냐니?"

"시치미 떼도 소용없어. 스즈하는 그렇다 쳐도 스즈하 오빠를 나에게 소개한 이유가 뭔데? 뭘 원하는 거야?"

경계심을 푼 소꿉친구이기 때문에 건네는 귀족적이지 않은 말투.

어린 시절, 아직 무공을 세우기 전 유즈리하는 괴짜 공작 영애로서 왕족들에게 평판이 안 좋았고 똑같이 불우했던 토코랑만 놀곤 했다.

그 무렵부터의 우정은 지금까지도 이어지고 있었다.

"알잖아. 나라를 지키기 위해서야. 그게 공작가의 존재 의

의니까."

"……나라를?"

"스즈하와 그 오라버니만큼의 실력이 있다면 분명 장렬한 쟁탈전이 벌어질 거야. 그리고 두 사람에게는 그에 대항할 권력이 없어."

"잠깐만, 두 사람의 후원자로서 공작가가 전면적으로 나서는 거 아니었어?"

"물론 그렇지만 아버님께선 그건 그것대로 문제라고 하셨어. 저 두 사람에다 나까지 있다면——."

"있다면 어떻게 되는데?"

"왕가를 가볍게 뛰어넘을 과잉 전력으로 받아들이겠지."

"……그건 역시 좀 지나친 말 아닌가?"

쓴웃음을 짓는 토코.

하지만 유즈리하는 진지한 표정 그대로였다.

"지금은 아직 그럴지도 모르지."

"지금은……?"

"앞으로 나랑 스즈하는 둘이서 죽음의 전투 훈련을 반복하게 될 거야. 거기에는 물론 스즈하의 오라버니가 있고 정확한 지도와 극상의 마사지가 매번 따라오겠지. 그게 앞으로 1년, 혹은 3년, 길게는 5년 이어진다면——."

"단 셋이서 누가 봐도 불평할 수 없을 만큼 나라를 쉽게 멸망시킬 전력이 된다는 것인가? 과연……."

"하지만 그건 내가 바라는 미래와는 달라."

토코도 수긍했다.

현 상태나 왕자에게 불만이 있다고 해도 그 토대에는 나라를 지키려는 강한 의지가 있으니까.

그게 귀족이라는 존재라고 두 사람은 당연하게 생각하고 있었다.

"……과연. 그래서 스즈하의 오빠를 나에게 소개했다는 거군."

"이해했어?"

"그야 뭐. 이 나라의 귀족은 기본적으로 바보나 탐욕스러운 녀석들밖에 없는걸. 물론 나나 유즈리하 같은 극히 소수의 예외를 제외하고."

"그렇지."

토코도 이야기를 듣고 맞장구치며 납득했다.

지금 여기 있는 세 사람은 이 나라에 있어서 극약이었다.

용법 용량을 지켜서 올바르게 사용하면 이 나라는 앞으로 몇백 년은 평안하겠지.

하지만 사용법을 조금이라도 틀리면 즉시 나라가 붕괴할 것이다.

"저기, 유즈리하. 난 어떻게 움직여야 할까?"

"토코가 생각하는 대로 움직이면 돼. 어떻게 봐도 저 남매는 선인이고 토코는 어리석은 사람이 아니니까. 다만 한 가지만 약속해."

"뭘?"

"스즈하의 오라버니를——저 두 사람을 절대 얕보지 마."

그럴 일 없어, 라고 토코가 반론하려다 말을 멈췄다.

유즈리하의 표정이 지금까지 본 적 없을 정도로 진지했기 때문에.

"토코가 교섭에 실패해서 스즈하와 그 오라버니가 토코에게 정나미가 떨어진다 해도 딱히 상관은 없어. 그때는 우리 공작가가 총력을 기울여 스즈하 남매를 데려올 거고, 설령 나 자신이 여왕이 되어서라도 이 나라를 이어나갈 테니까. 물론 그건 바라지 않는 미래지만."

"······있잖아, 왕녀인 내 눈앞에서 왕가 전복 이야기를 하는 건 좀 그렇지 않아?"

"필요한 일이야. 그러니까 토코가 버림받는 건 뭐, 어쩔 수 없는 일이지. 하지만 왕녀인 토코가 무례하게 굴어서 저 두 사람이 귀족이나 이 나라 그 자체에 정이 떨어지면 그들은 국외로 유출될 가능성이 있어. 그쪽이 훨씬 더 곤란해."

"그, 그건 절대 안 돼!! 저 두 사람이 나라를 나가 만약 적국의 군대에라도 들어가면······!"

"그래."

유즈리하가 관찰해보니 여동생인 스즈하는 오빠의 의향에 전면적으로 따를 것 같았다.

그리고 오빠는 아무래도 귀족이라는 건 기본적으로 난폭하다고 생각하는 구석이 있었다.

그러니 아무래도 상관없는 귀족, 면식이 없는 귀족들에게서 평민 취급을 받는 정도라면 아마 세이프겠지.

다만.

사이가 좋아졌다고 생각했던 귀족이 자신들이라는 평민을 상대로 배신을 하거나 난폭한 면을 보인다면.

혹은 평민이라고 얕보는 태도를 취하기라도 하면──.

저 남매가 간단히 나라 자체를 버린다 해도 이상하지 않았다.

"으윽……!"

토코가 머리를 쥐어뜯었다.

그게 어릴 때부터 진심으로 곤란할 때 나오는 버릇이라는 걸 유즈리하는 알고 있었다.

유즈리하와 토코는 소꿉친구다. 서로의 버릇은 잘 알고 있었다.

"뭐가 그렇게 곤란해? 네가 차기 여왕이 될 수 있는 전무후무한 기회가 찾아왔는데."

"그, 그건 그렇지만, 그렇지만! 내가 한 발만 잘못 내디디면 나라가 붕괴된다니, 정신적인 중압감이 너무 심해!!"

"뭐, 안심해. 저 두 사람은 능력만큼은 믿을 수 없을 정도로 우수하지만 여동생은 그저 오빠 바보, 오빠는 자기 능력이 굉장하다는 사실을 전혀 눈치 못 챈 둔감한 녀석이니까. 잘 다루려고 하면 위험한 줄타기가 되겠지만 성의를 갖고 대한다면 겁낼 것 없어."

"그럼 왜 그렇게 협박하듯이 말한 건데?!"

"그만큼 중요한 충고니까. 필요한 일이잖아?"

"그, 그건 그럴지도 모르지만……으윽……."

그 이후 잠시 동안 머리를 쥐어뜯던 토코는 머지않아 손을 멈추고 깊이 한숨을 내쉬었다.

"……그래. 난 가까운 장래에 여왕이 되는 건가. 그래."

"아직 결정된 건 아니야."

"하지만 유즈리하도 그럴 생각으로 스즈하 오빠를 나에게 소개한 거잖아? 뭐, 지금의 왕족 중에서 평민인 스즈하 오빠를 차별 안 할 인간은 나밖에 없으니까."

"뭐, 그렇지."

"다른 귀족에게는 아직 안 보여줬어?"

"그래. 대부분의 귀족들은 멍청하거나 권력욕 과잉이거나, 혹은 그 양쪽 다니까."

"하지만 그렇지 않은 귀족도 조금은 있잖아. 공작가가 어릴 때부터 키운 귀족 중 골라서 스즈하 오빠를 소개하면?"

"……그건 그렇지만, 뭐……."

"아──, 과연……."

유즈리하답지 않은 모호한 태도에 대충 깨닫고 말았다.

상대가 유즈리하가 스즈하 오빠를 소개해야 한다고 판단할 만큼 총명하면 총명할수록, 그 귀족은 연줄을 이어서라도 그를 데려가고 싶어 할 게 틀림없었다. 그게 귀족이라는 존재였다.

그중에서는 평민인 스즈하 오빠를 사위로, 혹은 스즈하를 며느리로 삼고 싶다는 이야기를 꺼낼 총명한 당주나 혹은 자신과 결혼시켜 달라는 말을 꺼낼 딸이 있을지도 모른다.

어쨌든 스즈하 오빠는 평민이니 그런 요청도 공작가로부터 스즈하 오빠를 빼앗으려는 형태로는 볼 수 없다. 적어도 귀족 사회적으로는.

오히려 공작가를 위해 우수한 평민을 받아들였다고 칭찬받는 게 보통이었다.

하지만.

설령 평민이라 해도 그만큼의 능력을 가진 스즈하 오빠를 공작가가 직접 데려가고 싶지 않을 리가 없으니——.

"흐——음. 즉 그런 것인가——."

본인이 처음으로 소개받은 건 왕족은 서민과 결혼할 수 없기 때문.

그 사실을 깨달은 토코는 완벽하게 납득하고 말았다.

"오케이. 뭐, 어쨌든 조금 더 미래의 이야기겠지."

"뭐, 그렇지."

토코가 여왕이 될 코스가 보인다고 해도 구체적으로 움직이려면 사전 준비가 필요했다.

게다가 스즈하 오빠에 대해서도 좀 더 자세히 알 필요가 있었다.

그 능력이나 성격, 사고회로나 약점 같은 건 물론.

과거나 잘하는 요리, 단골 상점.

그런 곳에도 상대를 잘 구슬리기 위한 힌트는 있는 법이었다.

그리고 이상형이 어떤 여자인지도——.

"움직이는 건 빨라도 내년, 내후년 정도일까? 유즈리하는 어떻게 생각해?"

"그렇게 되겠지. 서두르면 오히려 일을 그르칠 테니까."

——두 사람 다 그때는 적어도 올 한해는 평온한 날들이 이어질 줄 알았다.

하지만 그 예상은 결과적으로 완전히 빗나가게 된다.

그 예상을 뒤집은 최초의 『터무니없는 사건』이 불과 며칠 후에 일어난다는 것을.

그때 두 사람은 아직 몰랐다.

4

결국 신입생들이 3일에 걸쳐 고블린 소굴에 도착할 때까지 우리는 16번이나 습격을 받았다. 물론 전부 도적 부류였다.

"저기, 유즈리하 씨, 산적이나 도적이 너무 많지 않나요……?"

"기분 탓이겠지."

"게다가 왠지 산적이나 도적치고는 모두 튼튼한 장비를 갖고 있는 것 같은데. 토코 씨는 어떻게 생각하세요?"

"그야 요즘은 도적들도 다들 장비 정도는 제대로 갖추고 있으니까."

"그런가요? 하지만 그런 것치곤 모두 엄청 약했는데……."

내가 그렇게 말하자 유즈리하 씨랑 토코 씨가 한심한 인간을 보는 듯한 뜨뜻미지근한 시선을 보냈다. 왜?

그건 그렇고 도적이 너무나도 자주 출몰해서 이 나라의 치안이 꽤나 위험하다는 생각을 했습니다. 마침표.

"여하튼 시험은 무사히——."

그 순간,
공기가 바뀌었다.

"……."

"……스즈하 오빠? 갑자기 왜 조용해졌어?"

"무슨 일 있어, 스즈하네 오라버니? 안색이 창백한데, 배탈이라도 났어?"

"뭐? 스즈하 오빠, 배 아파?"

유즈리하 씨랑 토코 씨가 말을 걸었지만 대답할 겨를이 없었다.

나의 이변을 눈치챈 스즈하는 경악하며 눈을 크게 떴다.

"……옵니다……!"

"오빠, 그건——?!"

"여러분, 제 뒤로! 지금 당장!!"

변화를 알아차린 듯한 스즈하는 물론 사정을 모르는 유즈리하 씨와 토코 씨도 재빨리 따라주었다.

내 등 뒤로 스즈하와 두 사람이 이동했을 때——.

그 녀석이 모습을 드러냈다.

겉모습은 무시무시하게 여윈, 이 세상의 것이라고는 생각할 수 없을 정도로 아름다운 소녀.

새하얀 원피스에 밀짚모자를 써 한여름의 아가씨 같은 차림을 하고 있었다.

하지만 결코 속아서는 안 된다.

그 두 눈은 혈액보다도 더 진하고 빛나는 색.

허리까지 내려오는 그 긴 머리는 어떤 눈보다도 새하얗다.

보는 자 모두의 생명을 모두 베어버리는 사신.

그 녀석의 이름은——

"화이트 헤어드 뱀파이어(방황하는 백발 흡혈귀)——."

""뭐?!""

"스즈하, 내가 싸울게. 스즈하는 두 사람을 지켜."

"······네, 오빠. 부디 무사하시길."

비장한 스즈하의 대답을 들으며 얼어붙은 두 사람이 다시 기동된 듯했다.

"자, 잠깐만! 화이트 헤어드 뱀파이어라면 그 전설의 악마?! 몇 년에서 몇십 년에 한 번, 완전 랜덤으로 세계 어딘가에 출현해 그곳에서 실제로 목격한 자를 모두 죽인다는?!"

"맞습니다."

"그, 그럼 우리도 싸울게! 그 악몽 같은 괴물을 스즈하 오빠가 혼자 상대하는 건 너무 무모해! 이 녀석 한 명으로 대국이 멸망했다는 전설도 이 세상에 얼마든지 남아 있다고!!"

"그렇기 때문입니다. ──이 괴물과 싸우게 되면 저에게도 다른 사람을 지킬 여유 따위가 없으니까요."

두 사람이 숨을 훅 삼키는 소리가 들렸다.

"아니, 이번에는 잘해볼게요──저는 물론 스즈하도 유즈리하 씨도 토코 씨도 절대로 죽게 놔두지 않아요. 그러니까 맡겨주세요."

물론 사실 그럴 자신은 없었다.

너무나도 무서워서 지금이라도 무릎부터 무너질 것 같다.

누군가가 보증해준다면 매달려서라도 어떻게든 될 거라고 보증을 받고 싶다.

──하지만.

내 등 뒤에 소중한 여동생이, 나랑 친한 여성들이.

공포에 떨면서 그럼에도 필사적으로 견디고 있다면.

내가 해야 할 일은 단 하나.

어떤 허세를 부려서라도,

설령 그게 가짜라 해도,

자신 있는 척 가슴을 펴야지.

모두를 안심시키는 거야——!

"스즈하, 뒤는 맡길게."

그 말을 남기고 난 화이트 헤어드 뱀파이어를 향해 돌진했다.

5 (유즈리하 시점)

유즈리하의 눈앞에서 무시무시한 전투가 전개되고 있었다.

본 사람 모두에게 파멸을 가져다준다는 전설의 악마——화이트 헤어드 뱀파이어와 스즈하 오빠의 공방.

국가 최강의 여기사로서, 군인으로서 지금까지 단련에 단련을 거듭해온 유즈리하조차 간신히 눈으로 확인할 정도의 전투였다.

그 승부는 아마도 호각——이겠지만 너무나도 하이 레벨이라 유즈리하로서는 솔직히 판단하기 힘들었다.

너무나도 압도적인 양쪽의 공방은 보고 있기만 해도 마음속에서 떨림이 멈추질 않았다.

"……하지만 스즈하 오빠가 이번엔 잘하겠다고 했지……?"

그렇게 내뱉은 토코의 말에 유즈리하도 내심 깜짝 놀랐다.

그건 분명 수수께끼였다.

하지만 스즈하의 한마디에 바로 의문은 풀렸다.

"……저랑 오빠는 이전에도 저것과 조우한 적이 있어요."

"뭐어?!"

토코가 믿을 수 없다는 듯 목소리를 높였다.

한편 유즈리하는 반쯤 토코 의견에 찬성, 나머지 반은 묘하게 납득하고 있었다.

그 정도가 아니면──.

고작 인간이 그렇게까지 강해질 리가 없다.

"우리가 살던 마을이 그 악마에게 습격당한 건 제가 아직 5살 때였어요. 그때 생존자는 저랑 오빠뿐이에요."

"아니, 아니, 그건 말이 안 돼!! 화이트 헤어드 뱀파이어에게 습격당하고 살아남은 인간이 있다는 말은 들은 적이 없어! 게다가 무엇보다도 몇 년에서 몇십 년에 한 번, 이 넓은 세계 어딘가에 나타난다고 알려진 그 악마와 두 번이나 조우하다니, 천문학적인 확률이라고!!"

"하지만 우린 이전에도 저것과 조우했어요. 그건 사실이에요."

"……진짜라니……."

"──우리 마을이 백발 흡혈귀에게 멸망당한 그날부터 오빠는 미친 것처럼 강해지려고 했어요. 최근에는 안정됐지만 그 마음은 지금도 여전히 이어지고 있어요."

이때 스즈하가 과거를 주저리주저리 말했던 건 둘이 자신의 이야기에 마음을 빼앗겨 스즈하 오빠의 전투에 끼어들 여유를 없애기 위해서였던 것.

사실은 스즈하도 오빠랑 나란히 싸우고 싶어서 참을 수 없었다는 것.

하지만 오빠랑 나란히 싸운다고 해도 거치적거리기만 할 자신의 무력함에 그 이후 한동안 밤이 되면 스즈하가 소리 높여 폭포처럼 울음을 토해냈다는 것——.

——그 모든 건 유즈리하와 토코가 나중에 알게 된 사실이다.

콰아아아아앙!!

쿠구구구궁!!

펀치나 킥에 의한 것이라고는 생각할 수 없는 공격음이 울려 퍼졌다.

지금 스즈하 오빠의 펀치를 정통으로 맞는다면 드래곤도 일격에 즉사할 거라고 유즈리하는 생각했다.

한편 화이트 헤어드 뱀파이어는 그런 끊임없는 공격을 피하거나 가끔은 받아내면서 빈틈도 보이지 않고 에너지 드레인(생명력 흡수 마법)을 쓰고 있었다.

이쪽 또한 한 방이라도 완벽하게 들어가면 즉사하는 건 틀림없었다.

어쨌든 빗나간 공격을 받은 총 길이 100미터, 직경 20미터는 되는 거목이 단숨에 바짝 말라버렸으니까.

그건 그렇고──.

"우린 스즈하 오빠를 도와줄 수조차 없는 것인가──!"

"맞아요. 섣불리 도와주려다 오빠에게 방해가 될 테니까요. 그런 일은 여동생인 제가 절대로 용납 못 해요."

"용납 못 한다니?"

"설령 제가 죽는다 해도 오빠를 방해하게 놔두진 않을 거라는 의미예요."

스즈하의 담담한 어조가 오히려 진심임을 유즈리하에게 전했다.

결국 우리는 지켜볼 수밖에 없는 것이다.

누가 이길지 모르는 막상막하의 수준 높은 전투를──.

"아앗?!"

그때 천칭이 기울었다.

화이트 헤어드 뱀파이어의 공격을 잘못 피한 스즈하의 오빠가 화려하게 날아가 버렸다.

백발 흡혈귀의 입술 끝이 히죽 올라갔다.

그리고 스즈하의 오빠에게 결정적인 일격을 가하기 위해, 손날로 내려찍으려 한다──!!

멋대로 유즈리하의 몸이 움직였다.

의식조차 하지 않았지만 극히 자연스럽게,

마치 거기 있는 게 당연한 것처럼,

유즈리하가 마치 빨려가듯 악마와 스즈하 오빠 사이로 미끄러져 들어가 그대로 몸을 끌어안듯 덮어버렸고……

유즈리하의 몸은 악마의 손날에 등부터 가슴까지 뚫렸다.

6 (유즈리하 시점)

꿈을 꿨다.

스즈하의 오라버니가 내 입술을 탐하면서 열심히 죽지 말라고 몇 번이고 몇 번이고 말을 거는 꿈.

당장이라도 울 것 같은 얼굴을 한 스즈하의 오라버니가 필사적으로 나의 뻥 뚫린 가슴에 치유 마법을 계속 거는 꿈.

화이트 헤어드 뱀파이어와 대결할 때처럼, 아니, 그 이상으로 진지한 얼굴로 내 몸을 남자다운 손바닥으로 계속 어루만지는 그런 꿈.

꿈속에서 내가 괜찮다고 반복해도 스즈하의 오라버니에게는 들리지 않는 듯했다. 치유 마법의 효과를 높이기 위해서인지 내 입술에 반복해서 키스했다.

그러고 보니 이건 나의 첫 키스였다.

그 사실을 깨달았지만 딱히 상관없다고 고쳐 생각했다.

난 치명상을 입었다. 틀림없이 죽겠지.

그 정도는 내가 가장 잘 알고 있었다.

어릴 때부터 사랑은 나보다 강한 사람과 하겠다고 결심

했었다.

난 공작가의 딸이기에 결혼 상대를 자유롭게 결정할 수 있는 건 내가 아니라 아버님이었다.

그러니 연애 상대 정도는 내가 스스로 선택하고 싶었다.

그런 점에서 스즈하의 오라버니는 강하고 착하고 요리도 잘하고 여차할 때 멋있고, 평소에는 여러 가지로 문제점도 많지만 때가 되면 강하고 멋있었다.

그러니까 첫 키스를 바쳐도 괜찮았다.

이번 기회에 그대로 넘어뜨려 준다면 더욱 더 감사하겠지.

평생 섹스도 못 한 채 죽는 건 사양하고 싶었다.

하지만 역시 여기사로서 언제 죽을지도 모르니까 돈을 내고서라도 얼른 끝내둘 걸 그랬네——.

"——리하 씨! 유즈리하 씨!"

"……하지만 고급 남창은 상당히 비싸니까……흠냐……?"

"유즈리하 씨! 다행이다, 의식이 돌아왔어——!"

두 눈으로 뜨거운 눈물을 흘리며 날 부드럽게 하지만 힘 있게 꼭 안아주는 스즈하의 오라버니.

여긴 천국이야?

*

"——아니, 아니, 적병을 그만큼이나 쓰러뜨렸잖아? 난 분명 지옥행이야……그렇다면 이건 일단 행복의 절정까지

끌어올렸다가 떨어뜨리는 새로운 잔혹 고문 지옥이 틀림
없어……!"

"저기, 유즈리하 씨? 일단 말해두겠는데 여긴 천국도 지
옥도 아니에요, 게다가 유즈리하 씨는 아직 살아 있어요."

"뭐?"

스즈하네 오라버니가 무슨 소릴 하는 거지?

화이트 헤어드 뱀파이어의 손날이 내 몸을 관통해서 구
멍이 생겼다고.

살아 있을 리가 없잖아.

혹시 토코의 멍청함이 벌써 옮은 걸까?

"……날 한심하게 쳐다보는 그 시선만으로도 유즈리하
가 터무니없이 실례되는 생각을 하고 있다는 건 대번에 알
아차릴 수 있지만 아쉽게도 진짜야."

"의미를 모르겠어. 왜 안 죽었지?"

"나도 정말 그게 궁금해……."

"즉 오빠는 굉장히 강하고 착하고 멋있기만 한 게 아니
라 무려 치유 마법도 사용할 수 있다는 거죠! 에헴!"

"……무슨 소리야? 설령 그렇다 해도 내 가슴에는 틀림
없이 큰 구멍이 뚫렸어. 보통 치유 마법으로 어떻게 할 수
있는 일이 아니라고."

스즈하에게까지 토코의 멍청함이 옮은 걸까.

유즈리하가 다시 고개를 갸웃거리자 토코가 바보 같은
아이를 타이르는 듯한 말투로 말했다.

"아니, 아니, 아니, 믿을 수 없는 건 이해하지만 사실이니까."

"뭐?"

"그러니까 실제로 스즈하 오빠가 어떻게 생각해봐도 치명상인 유즈리하를 치료했다고. 울면서 감사하는 게 좋지 않겠어?"

유즈리하는 그 말을 이해할 때까지 시간이 걸렸다.

내가 아직 살아 있다고……?

"토코. 혹시 난 임종 직전 주마등에서까지 토코에게 놀림당하고 있는 거야?"

"그럴 리가 없잖아! 이제 그만 사실을 인정해."

실감이 나지 않아 손바닥을 몇 번이나 쥐었다 폈다 해보았다. 발돋움도 해보았다.

과연.

아무래도 정말 살아 있는 모양이다.

"──스즈하네 오라버니는 사실 뛰어난 솜씨를 지닌 치유술사였던 건가?"

"아뇨, 그런 건 아닌데……."

그 이후 들려준 이야기에 의하면 스즈하네 오빠는 자신의 방대한 생명력이나 마력을 변환해서 다른 사람에게 양도하는 독자적인 치유 마법을 사용할 수 있다고 한다.

다만 완전히 자기만의 방식인 데다 제어도 제대로 하기 어려워 예를 들어 눈앞에서 치명상을 입는 극히 한정된 상황에서만 사용할 수 있다는 모양이다.

바로 이번 일에 딱 들어맞는 상황이긴 한데.

"그럼 화이트 헤어드 뱀파이어는……?"

"놓쳤습니다."

분한 듯 스즈하 오빠의 얼굴이 일그러졌다.

"그런 얼굴 하지 마. 그 악마와 대치해서 살아 있는 게 정말이지 기적이니까."

"네……."

"맞다. 신입생들은 어떻게 됐어?"

"이쪽 전투를 알아차린 단계에서 도망친 것 같습니다. 가벼운 부상을 입은 사람이 몇 명 있는 것 같지만 그 악마와는 교전하지 않았습니다."

"그래? 다행이네."

유즈리하가 모두 다 전부 스즈하 오빠 덕분이라고 말하려는데.

"모두 다 전부 유즈리하 씨 덕분이에요."

"……왜 그렇게 되는데?"

"유즈리하 씨가 목숨을 걸고 화이트 헤어드 뱀파이어의 주의를 끌어준 덕분에 우리가 어떻게든 그 악마를 쫓아낼 수 있었어요. 그러니 당연하죠."

"그건 아니——아니, 그런가……?"

"물론입니다. 다시 한번 감사합니다, 유즈리하 씨!"

"……그래……."

유즈리하의 인생에서 전쟁으로 칭찬받은 횟수는 셀 수가 없이 많았다.

그런 칭찬은 어느새 너무 당연한 것이어서, 들어도 전혀 감개무량하지 않고 몇 년 전부턴 아주 질렸다고 생각할 정도였다.

——하지만.

이렇게나 죽을 뻔한 자신의 무참한 모습을, 평민 남자가 칭찬해줬다는 사실이.

이렇게나 날아오르고 싶을 정도로 기쁘다니.

태어나서 처음으로 자신이 진심으로 칭찬받았다는 기분조차 들었다.

"——그래. 난 계속——."

그 순간 유즈리하는 갑자기 이해했다.

자신은 이 사람 저 사람 누구에게나 상관없이 칭찬받고 싶은 게 아니었다.

아무리 대단한 귀족이나 부자 꽃미남에게 격찬을 받든 관계없었다.

그런 것보다.

자신의 등 뒤를 맡길 수 있는, 목숨을 걸고 신뢰할 수 있는——그런 자신의 파트너에게 계속 칭찬받고 싶었다.

머리를 쓰다듬어주면서 단 한 마디.

고맙다는 말을 듣고 싶었던 것이다——.

"그리고 말이죠. 유즈리하 씨에게 정말 미안한 일이 하나 더……."

"그게 뭐지?"

"유즈리하 씨의 상처는 나았지만 저의 역량 부족으로 유즈리하 씨 몸에 상흔이 남고 말았습니다……."

그 말을 듣고 유즈리하가 멜론보다 큰 유방을 젖히자 거기엔 악마의 오른손이 관통한 흔적이 확실하게 남아 있었다.

토코가 유즈리하의 가슴 부분을 힐끔힐끔 쳐다보며 말했다.

"음――, 하지만 스즈하 오빠는 그때, 유즈리하를 치료하는 게 고작이었으니까 어쩔 수 없지. 본업이 치료술사도 아니니까."

"응, 토코의 말이 맞아."

"게다가 아마도 이 정도 상흔이라면 왕도로 돌아가 전문 치료술사에게 보여주면 깔끔하게 나을걸."

"그래. 하지만 그건 곤란해."

"뭐? 유즈리하, 그게 무슨 소리야?"

"이 상흔은 이대로가 좋아."

"왜?! 정말 이유를 모르겠네!"

버럭버럭 소리를 지르는 토코를 무시하며 유즈리하가 사랑스러운 듯 가슴에 남은 상흔을 쓰다듬었다.

――이 상처는 내가 파트너와 함께 사투를 벌였다는 훈장 그 자체였다.

그걸 없애버리다니, 당치도 않는 일이었다.

3장 개선 파티

1

이런저런, 너무 많은 일들이 있었던 여행길에서 돌아오자마자 난 사쿠라기 공작가의 호출을 받았다.

그것인가.

공작 영애에게 흠집을 낸 책임을 지라거나 그런 전개가 기다리고 있는 것인가.

나 혼자 할복하는 정도로 끝나면 좋겠는데.

어떻게든 스즈하에게 누가 되지 않게 해야 하는데──!

그런 비장한 각오로 향한 공작 저택. 물론 혼자.

스즈하에겐 나에게 무슨 일이 생기면 바로 도망치라고 전해두었다.

하지만 공작가에 도착하고 일어난 일은 상상과 정반대였다.

무려 당주인 유즈리하 씨의 아버지가 직접 현관까지 마중을 나와 날 향해 깊게 허리를 숙인 것이다.

"이번에 딸의 목숨을 구해줬다더군. 고맙네."

"네에에에에에에?!"

"……왜 놀라지?"

"그야 그렇죠! 전 틀림없이 유즈리하 씨에게 흠집을 낸 책임을 지라고 참수라도 당하는 줄 알았는데──!"

"……자네와는 한 번 차분히 이야기를 나눌 필요가 있을 것 같군."

그 이후 난 이의 없이 서재로 끌려갔다.

사쿠라기 공작가 당주의 서재.

그 서재가 일반 손님은커녕 친밀한 대귀족조차 입실이 허락되지 않는, 장래 공작가를 짊어지거나 국가를 짊어지기에 어울리는 인물이라고 당주가 인정한 자만이 들어올 수 있는 곳이라는 사실을 난 감히 알 수도 없었다.

얼빠진 얼굴로 아주 호사스러운 서재를 두리번두리번 둘러보자 공작이 앉으라고 권했다.

"우선 이번 일은 우리 딸이 실수한 것 같더군. 사과하겠네."

"……네?"

"유즈리하 몸에 바람구멍이 뚫린 것 말이네."

"아, 그건 절 구하려다가."

"자네는 일부러 빈틈을 만들어 그 악마를 끌어들인 게지?"

"……어떻게 그걸……?"

"토코 님께 이야기는 들었네. 듣자 하니 자네가 위기에 빠졌다고 생각한 그때, 자네의 여동생은 차분했다고 하더군."

"……."

"지금까지의 언동으로 감안해 볼 때 정말 자네가 위기였다면 제일 먼저 여동생이 몸을 내던졌겠지. 하지만 그렇게 하지 않았어. 그렇다면 답은 하나지."

"……진짜 위기에 스즈하가 몸을 내던졌다면 제가 굉장

히 곤란하지 않았을까요……?"

추측의 경위는 꽤 엉성하다고 생각했지만, 이야기만 듣고 상황을 정확하게 파악하는 건 역시 대귀족이랄까.

"하지만 어느 쪽이든 유즈리하 씨 덕분에 산 건 사실입니다."

"그런가. 우리 딸이 도움이 되었는가."

"그건 정말입니다. 유즈리하 씨가 거기서 난입했기에 다른 세 사람은 상처를 입지 않고 화이트 헤어드 뱀파이어를 쫓아낼 수 있었습니다. 놓친 건 분하지만……."

"그건 국가 멸망급 대재난이라네. 그걸 혼자 물리친 것만으로도 기적 그 자체지. 놓쳤다는 말은 자만밖에 되지 않아."

"……네."

공작의 말은 냉엄했지만 눈매에선 다정함이 느껴졌다.

내가 계속 후회하지 않도록 일부러 냉엄한 말을 건넸다는 걸 알 수 있었다.

역시 대귀족님의 관록이었다.

"그래. 딸이 상처를 입은 것도 자업자득이고 그 상처도 나았으니 문제없다네. 나로서는 자네에게 딸을 지켜준 감사를 표해야 하지."

"아뇨, 그런 건 당연한 일이니 딱히——."

"딸을 지켜준 일이 당연하다면 그 일에 인사를 표하는 것 또한 당연하다고 생각하지 않나? 그 이전에 사례조차 정확하게 하지 못하는 녀석은 귀족 이전에 인간 실격이겠지.

——설마 자네가 날 인간 실격으로 만들지 않겠지?"

그렇게 말하면 입을 다물고 고개를 가로저을 수밖에 없다.

게다가 나도 만약 스즈하의 목숨을 누군가가 구해줬다면 상대가 당연하다 해도 온 힘을 다해 사례를 했을 테니까.

하지만.

바로 그런 생각을 할 수 없게 될 거라곤 그때의 난 알 길이 없었다.

*

——귀족을 얕봐선 안 된다. 재력에 관해서는 특히.

나는 그 사실을 통감했다. 왜냐하면.

"포상으로 원하는 걸 요구하게. 돈이든 귀금속이든 미술품이든 상관없어. 토지도 좋고 명예도 좋아. 내가 추천하는 건 우리 공작가의 권력을 총동원해서 자네를 일대 귀족으로 만들어버리는 것이지만."

"……뭐라고요?"

"물론 진짜 귀족은 아니니 왕족과 결혼은 못 하겠지만 다른 일이라면 우리 공작가가 주선하는 신흥 귀족으로서 대부분은 가능할 것이네. 토지도 인원도 돈도 필요한 만큼 준비할 수 있고 장래에는 우리 가족과 결혼해서——."

"자, 잠깐만요?!"

이대로라면 터무니없는 일이 생길 것 같다는 사실을 직감한 난 당황해 타협점을 찾기 시작했다.

여기서 중요한 건 아무것도 필요 없다는 말은 절대 해선 안 된다는 것.

그러면 공작 추천 세트가 쿠궁 내려질 테니.

그렇다고 금전을 요구하면 분명 나 같은 서민은 도저히 관리할 수 없는 무시무시한 금액이 내려질 게 틀림없었다.

그런 건 필요 없었다, 너무 과한 돈은 신세를 망친다.

명문 공작가의 직계 장녀——그것도 그 살육의 전쟁 여신 목숨의 대가라면 성은 물론 소귀족의 영토를 통째로 산다 해도 이상하지 않았다.

뭔가 없을까?

뭔가 공작의 프라이드를 만족시키면서 실질적인 손해도 없을 만한 방법은——

"찾았다!"

"뭐라고?"

"아니요, 아무것도 아닙니다."

정말이지 방금 떠올린 게 아니라는 식으로 표정을 정돈하고 입을 열었다.

"——크흠. 그럼 제가 한 가지 부탁드리겠습니다."

"말해보게."

여동생이 여기사 학원에 입학했더니, 어쩐지 구국의 영웅이 되었습니다. 내가.

"앞으로 스즈하와 덤으로 저에 대한 공작가의 후견을 부탁드리고 싶습니다."

"흐음……?"

공작의 입꼬리가 올라갔다.

아, 이건 분명 악랄한 생각을 하고 있다는 뜻이야.

"흥, 욕심 없는 녀석. 그런 식이면 언제까지나 평민으로 살 텐데."

"그럴 예정입니다."

"눈앞의 금전보다 우리 집안의 가호가 더 필요하다는 말인가."

"송구하게도 사쿠라기 공작가의 위세는 우리나라 구석구석까지 미칩니다. 그런 공작가의 비호를 받게 되면 여동생인 스즈하도 귀족투성이인 왕립 최강 기사 여학원에서의 생활이 굉장히 편해지겠죠."

"그건 틀림없겠지. 만약 어설픈 귀족이 권력을 구실로 자네들에게 무리한 요구를 한다면 반대로 일족 전체를 때려눕혀 주겠네."

"그, 그렇게까지 안 하셔도 되는데……."

그게 뭐야, 귀족 무서워.

진심으로 평민으로 태어나 다행이라고 생각한 순간이었다.

"하지만 겸허함도 도가 지나치면 불쾌감을 주게 된다네. 자네에게 포상을 내린 사실이 알려지면 우리 공작가가 후

원자가 됐다는 사실을 모두가 알게 될 것이야. 그건 실질적으로 자네가 요구한 것과 똑같지. 그렇다면 금전을 받는 게 더 이득 아닌가?"

"아뇨, 그렇지 않습니다."

"호오?"

"따로 상을 내리신다면 정말 곤란할 때 부탁을 드리기 힘들어지니까요."

나의 물 흐르는 명변론에 공작이 눈을 끔뻑끔뻑 깜빡거렸다.

이거야말로 나의 비책이었다.

귀족은 평민과 달리 명예나 체면을 굉장히 중시한다.

그 점을 예리하게 파고들어 당신들의 명예는 최고니까 그걸로 충분하다고 거절하는 것이다.

머지않아 나의 덫임을 깨달은 듯 공작은 호쾌하게 파안대소했다.

"그런가, 그런가……하하! 얼핏 선량한 평민으로 보이는데 꽤 엉큼한 녀석이었군!"

"……네?"

"일시적인 금전 따위 필요 없고 그 대신 우리 공작가를 이용할 권리를 요구하겠다. 즉 자네는 그렇게 말하고 싶은 것이지?"

"그런 말은 하지 않았습니다!!"

"아아, 됐네, 서로 의중을 떠보는 일은 이제 그만두지. 난 자네가 마음에 드는군!"

웬일인지 성대한 착각을 하게 된 공작이 뭔가 새로운 간계를 꾸밀 동료를 찾은 듯한 눈으로 날 바라보았다. 어째서?

"우리 공작가 직계 장녀의 목숨을 구해준 대가로 앞으로의 조력을 요구하다니. 이건 평범하게 생각해보면 유즈리하가 평생을 걸쳐서라도 갚을 수 없는 대가가 아닌가?"

"저, 저기……?"

"눈앞의 미끼에 낚이지 않고 긴 눈으로 바라보고 최적의 해답을 움켜쥐다니. 과연, 과연, 자네는 그냥 강하기만 한 선량한 평민이 아니었군. 나쁘지 않아, 나쁘지 않아!"

왠지 멋대로 납득해버린 공작.

그렇게 굉장한 착각으로 과대평가를 받고 있다는 느낌이 역력했다.

하지만 여기서 참견했다간 더 귀찮은 일이 생길 것 같아 난 억지웃음을 띠며 입을 다물 수밖에 없었다.

"그런 것이라면 이야기는 빠르겠군. ──지금 바로 들어볼까?"

"아, 네에."

"자네는 유즈리하와 결혼하고 싶은가? 아니면 다른 딸이 좋은가?"

"무슨 의미시죠?"

"우리 공작가의 딸이 유즈리하 하나는 아닐세. 자네가 유즈리하를 선택한다면 만만세지만 그 녀석은 성질이 너무 세니까. 좀 더 참한 딸이 좋다거나 혹은 조용한 딸이 좋다거나 가슴이 작은 딸이 좋다면 우리 공작가의 친척들 중에 찾아봐도——."

"무슨 말씀이세요, 갑자기?!"

"——어, 어르신! 큰일 났습니다!"

내가 무심코 목소리를 거칠게 높인 것과 동시에 공작가 집사가 서둘러 들어왔다.

공작이 날카롭게 집사를 노려보았다.

"무슨 일인가? 지금 우린 공작가의 미래를 결정할 중요한 대화를 나누고 있네만?"

"정말 죄송합니다! 하지만 유즈리하 아가씨께서……!"

"유즈리하 씨한테 무슨 일 있습니까?!"

"아, 네! 피부 상처 제거 수술은 무사히 성공했습니다만 정신을 차리신 아가씨께서 본인의 말끔해진 몸을 보신 순간 난폭해지셔서!"

"뭐야?! 설마 치료 마술의 부작용이——?!"

"그게 저기! 아가씨께서『내 상처를, 스즈하네 오라버니와의 파트너 인연의 증거를 되돌려 내에에! 으아아아아앙!!』하고 울부짖으시면서 알몸인 채로 저택 안에서 아무 데서나 날뛰셔서 손을 쓸 수 없는 상태입니다——!"

"……아, 그 바보 같은 녀석……!"

공작이 추욱 힘이 빠진 상태로 얼굴을 가렸다.

……뭐가 뭔지 잘 모르겠지만 나 때문은 아니지?

"저, 저기, 저도 도와드릴까요?"

"……부탁하네. 만약 딸을 찾으면 다정하게 안아주게. 그러면 아마 어떻게든 될 걸세."

"아, 네에."

"제정신으로 돌아온 후에 유즈리하는 수치심에 죽고 싶어지겠지만 자업자득이야. 그런 건 알 바 아니니까 신경 쓰지 말게."

"아, 네에……."

어쨌든 유즈리하 씨를 붙잡기 위해 집사님 뒤를 따랐다.

멀리서 비싸 보이는 도자기가 챙그랑 챙그랑 깨지는 소리가 들렸다.

이거 빨리 막지 않으면 큰일이 생길 것 같아 마음이 급해진다.

그래서인지, 나는 방을 나올 때 공작이 불쑥 흘린 한마디도 듣지 못하고 말았다.

"다 큰 남자에게 알몸을 보이다니……흥, 시집보낼 이유가 한 가지 늘었군."

2 (토코 시점)

불과 며칠 전부터 빈번하게 들르게 된 공작가.

토코는 왕녀로서 그때까지도 공작가 당주와 면식은 있었지만, 귀족 파티 등에서 만났을 때 서서 이야기를 나누는 사이였을 뿐이었다.

그런데 지금은 공작가 당주의 서재에서 심야까지 밀담하는 사이가 되었다.

그날도 잠행으로 찾아온 토코를 서재에서 맞이한 공작은 직접 차를 끓인 후 본인이 먼저 입을 댔다.

차에 독 따위 들어있지 않다는 어필이었다.

"뭐야? 오늘은 유즈리하가 없어?"

항상 공작 옆에 있던 유즈리하가 없다는 사실에 고개를 갸웃거리자 공작이 몹시 못마땅한 어조로 답변했다.

"그 멍청한 딸은 근신 중이라네."

"근신? 왜?"

"분노로 정신착란 상태에 빠진 끝에 알몸으로 저택 내부에서 날뛰었지."

"뭐……?"

어떤 사정이 있었던 것인지 상상이 가지 않았지만, 어쨌든 용케 폭발한 유즈리하를 붙잡았다고 토코가 감탄했다. 그러자 공작이 말을 이었다.

"손쓸 방도가 없을 정도로 날뛰더니, 우연히 자리하고 있던 그 남자가 붙잡으니까 한방에 끝나더군."

"아——, 과연."

아무래도 스즈하 오빠가 붙잡은 듯했다. 그렇다면 납득.

분명 제정신으로 돌아왔을 때 알몸으로 날뛰었던 유즈리하는 새파랗게 질렸을 것이다.

남의 눈도 의식하지 않고 뺙뺙 울어댔을지도 모른다.

"화이트 헤어드 뱀파이어랑 정면승부를 할 정도로 엄청 강한 데다 초강력 마사지도 가능하고 폭주한 유즈리하조차 간단히 길들이다니, 스즈하 오빠는 대체 어느 정도인 거야?"

"그것만이 아니네. 그 남자는 영민해."

"그래? 스즈하 오빠는 분명 선량하지만 두뇌파로는 보이지 않았는데?"

"유즈리하를 도와준 보상을 뭐든 하겠다고 했더니 자기 집안을 비호하기만 해준다면 충분하다고 답하더군."

"우와……. 평민이 그런 대답을 하다니 상당한데."

어쨌든 사쿠라기 공작가의 귀한 자식인 유즈리하, 그 목숨의 대가였다.

그게 어설픈 것으로 괜찮을 리가 없었다.

만약 장래, 공작가가 조금이라도 스즈하 오빠에 대한 원조를 주저하려고 한다면 『공작가 딸의 목숨의 대가가 그 정도인가』라고 손가락질받을 게 틀림없었다.

결과적으로 스즈하 오빠는 앞으로 몇십 년에 걸쳐 원할 때 원하는 만큼 공작가에서 뭐든 착취할 권리를 얻은 것이다.

금전이든 권력이든 그 이외의 것이든.

"흐음. 어리석어 보여도 방심해선 안 되겠군——."

"사선을 몇 번이나 넘은 남자다. 그 정도의 교섭술은 할 수 있겠지."

"뭐야? 스즈하 오빠의 과거 이야기를 들었어?"

"듣지는 않았네. 다만 나도 공작가 당주니 경험으로 그 정도는 알 수 있지."

"아쉽네. 스즈하 오빠의 과거 이야기였다면 나도 엄청 듣고 싶었을 텐데——."

"본인에게 물어보면 되잖나."

"왠지 엄청 심각해 보여서 흥미 위주로는 물어볼 수가 없었어. ——뭐, 그 이야기는 그 정도로 하고."

토코는 찰싹 손바닥을 쳤다.

원래라면 시간이 1분 1초도 아까웠다.

토코는 본인이 차기 여왕이 되기 위해 절대적으로 필요한 카드를 발견했다.

하지만 그 카드는 자신이 생각한 대로 움직일 수 있는 것이 아니었다.

그래서 앞으로 어떻게 유도할지를 눈앞에 있는 공작가 당주와 차분히 철저하게 서로 의논해야 했다.

그리고 그 이외에도 여러 가지로 생각할 일이 아주 많았다.

"아니, 하지만 내가 여왕이 되기 위해 공작과 밀회를 하는 날이 설마 진짜 올 줄이야. 나도 깜짝 놀랐어."

"단 한 남자의 출현으로 시대가 바뀌는 일이 있지. 이 세상은 그런 법이다."

"이번만은 정말 실감하고 있어. 정말 폐를 끼치게 됐네."

"그대는 은혜를 받는 쪽 아닌가? 그 말을 권력의 자리에서 쫓겨나는 쪽 녀석들이 들으면 분노의 강을 건너겠지."

"내 잘못 아니야——. 그 멍청한 귀족들이 무능한 게 잘못이라고——."

"시끄러워. 얼른 시작하지."

어느 공작가 서재에서 오늘도 비밀 회합은 야심한 시각까지 이어졌다.

3

왕립 최강 기사 여학원 중간고사 여행으로부터 한 달이 지났다.

스즈하와 난 요즘 계속 공작가에 틀어박혀 있었다.

"우리 집에 있는 소생 마법진을 사용해 훈련하고, 스즈하네 오라버니가 그 훈련 전후에 마사지를 해주는 게 가장 효율적이잖아?"

그런 유즈리하 씨의 말에 이끌리듯 요즘 스즈하는 학교 수업이 끝나면 유즈리하 씨와 함께 공작 저택으로 직행했고 그에 맞춰 날 데리러 가기 위해 마차가 왔다.

두 사람은 저녁때까지 밀도 깊은 트레이닝을 수행하고,

난 그들의 조수로 함께한다.

트레이닝이 끝나면 공작 저택 욕실을 빌려 마사지를 한 후 매번 저녁까지 얻어먹으니 정말 극진한 대접이었다.

게다가 역시 공작 저택, 나오는 음식이 전부 고급스러웠고 또한 엄청 맛있었다.

……공작가 당주인 아서 씨도 함께 하는 식탁이라 긴장된다는 게 옥에 티였지만.

그러던 어느 날의 일.

평소처럼 저녁을 먹고 있는데 식사 중에는 보통 거의 말하지 않는 공작이 입을 열었다.

"3일 후에 우리 공작가가 주최하는 야외 파티가 있다네. 두 사람 다 당연히 와야 하는데 괜찮겠지?"

"아, 네. 괜찮습니다."

어차피 그날도 공작가에서 훈련이 예정되어 있었다.

그걸 취소하면 되는 것뿐이니까.

"공작님께는 굉장히 신세를 지고 있으니 뭐든 돕겠습니다. 짐 운반이든 경비든 허드렛일이든."

"자네는 대체 무슨 말을……아니, 그 뭐든 돕겠다고 한 말, 설마 실수는 아니겠지?"

"물론입니다!"

단호히 단언했다.

그때 웬일인지 공작 눈이 반짝반짝 빛나는 것 같았다.

"그래. 그럼 자네에게는 이번 파티에서 유즈리하 에스코트 역할을 명하겠네."

""네에에에에에에──?!""

나랑 스즈하는 무심코 소리를 지르고 말았다.

차근차근 물어보니 야외 파티의 목적은 유즈리하 씨의 개선 파티라고.

무슨 개선이냐 하면 물론 화이트 헤어드 뱀파이어로부터의 개선 파티였다.

나라를 부수는 악마라는 별명이 붙은 강적과 싸워서 한 명도 죽지 않고 살아남았다는 사실 그 자체가 압도적 개선이다──그런 공작의 말은 충분히 납득할 수 있었다.

"하지만 그런 건 만들어낸 이야기라고 생각할지도 모릅니다."

"무슨 소린가. 자네가 벤 악마의 팔이 있지 않나."

"아아. 그런 걸 아직 들고 계셨습니까."

그건 유즈리하 씨의 몸통을 뚫은 오른팔을 내가 악마의 어깻죽지에서 베어낸 것.

그 정도 악마이니만큼 오른팔은 이미 재생됐겠지.

그런 의미에서 어떻게 보면 도마뱀 꼬리를 주워온 것이었다.

"……자네가 어떻게 생각하고 있는지는 모르겠지만 자네 이전에 그 화이트 헤어드 뱀파이어 신체의 일부라도 베어낸 기록은 1300년 전까지 거슬러 올라가야 한다네."

"네? 그런가요?"

"그때 베어낸 건 겨우 손가락 하나, 그리고 그걸 해낸 남자야말로 그 뒤에 대륙을 통일한 패왕이었어."

"그거 대단하군요."

"정말 자네라는 사람은……뭐, 됐네. 그러니 우리 딸의 목숨을 구하고, 그 악마의 팔을 베어낸 젊은 영웅의 탄생으로서 자네는 대대적으로 소개될 걸세. 각오하고 있게."

무슨 그런 터무니없는 말을 자연스럽게 하는 거야, 이 공작가 당주는.

"잠깐만요!!"

그런 일이 생기면 굉장히 곤란했다.

어쨌든 난 우연히 공작가의 따님과 면식이 있을 뿐인 평민이고.

공작의 말처럼 소개되어 귀족들에게서 괜히 주목만 받는 거면 몰라도 필요 없는 질투나 성가심조차 떠안게 될 건 필연적이었다.

나에게 힘이 있다고 착각하고 잡아먹으려는 멍청한 귀족조차 있을지도 모른다.

그런 성가신 일은 사양이었다.

"뭘 그리 초조해하나. 그저 사실을 알리는 것뿐인데."

"아니, 아니, 아니, 일에는 표현법이라는 것이……!"

아마 눈앞의 당주님은 뭐가 문제인지 조금도 이해하지 못할 것이다.

그야 최대한 눈에 띄고 발언의 영향력을 높여서 이권을 끌어들이는 것이 가업인 귀족으로서는 당연한 일이겠지만.

"저기, 그러니까……그렇지! 이번 토벌은 저 혼자만의 성과가 아닙니다!"

"뭐라고? 하지만 우리 딸과 토코 님의 이야기를 들어보면 악마와의 전투 중에 다른 세 사람은 자네에게 방해가 되지 않도록 물러나 있었다고 들었네만?"

"그건 사실입니다. 하지만 거기 있는 팔을 벨 수 있었던 것, 그건 유즈리하 씨의 공이라 해도 과언이 아니겠죠."

"과언이라고 생각하네만……?"

"그렇지 않습니다. 그때 유즈리하 씨는 몸을 던져 동료를──저를 감싸줬습니다. 그 필사의 용기가 악마의 의표를 찔렀기에 어떻게든 격퇴할 수 있었습니다──그렇죠, 유즈리하 씨!"

"흐엑?!"

갑자기 화제를 돌리자 굳어버린 유즈리하 씨.

지금은 공작가에서 저녁 식사 중이고 당연하게도 공작 옆에는 그 딸인 유즈리하 씨가 앉아 있었다.

필사적으로 유즈리하 씨에게 아이 콘택트하길 잠시, 유즈리하 씨는 드디어 나의 의도를 알아차린 듯했다.

(저, 저기, 스즈하네 오라버니……그게 진짜야? 정말 진짜야?)

(물론이에요! 그러니까 가슴을 펴고 당당하게 주장하세

요! 지금 당장!)

(아, 알아어! 그대가 그렇게까지 말한다면⋯⋯!)

유즈리하 씨가 크흠 헛기침을 하고 앉은 자세를 고친 후 공작에게로 방향을 돌려 가슴을 펴고 당당하게 선언했다.

"스즈하의 오라버니 말이 맞습니다."

"어디가 어떻게 맞는다는 것이냐?"

"그건 저랑 제가 목숨을 기쁘게 바칠 수 있는 파트너에 의한——첫 공동 작업이라고 말할 수 있습니다."

*

그 이후 이런저런 일이 있었고 화이트 헤어드 뱀파이어를 쫓아낸 공훈은 『사쿠라기 공작가의 유즈리하 영애와 그 동료들』의 것이 되었다. 정말 다행이었다.

다만 그 대신 야외 파티에서 내가 유즈리하 씨의 에스코트 역할을 맡는 건 피할 수 없었다.

"현재 유즈리하에게는 약혼자도 없고 악마를 퇴치한 동료들 중 남자는 자네뿐이야. 그렇다면 자네가 에스코트하는 게 당연하겠지."

"하지만 그런 경우 유즈리하 씨의 가족이 에스코트하지 않나요⋯⋯?"

"보통이라면 그렇지. 하지만 이번에는 개선 파티니까 동료가 앞으로 나오는 게 더 자연스러워."

그렇게 단언하면 난 거절할 수도 없었다.

"아, 하지만 생각해보면 전 파티에 입을 의상도 없으니까 물러나는 게……."

"그건 이미 준비해뒀네. 공작가의 품격에 흠집이 나지 않도록 왕도에서 가장 인기 있는 상급 귀족 전속 디자이너에게 부탁해 한 벌을 준비해놨지."

"아핫."

찍소리도 못한다는 건 이런 걸 말하는 거겠지.

그리고 마지막으로 재차 스즈하가 입을 열었다.

"저, 저기, 오빠."

"왜, 스즈하? 아쉽게도 야외 파티에 출석하는 건 결정사항 같은데……."

"전 오빠랑 커플 드레스를 입고 파티에 참석할 수 있다는 사실이 꿈만 같아요!"

"……커플 드레스? 그게 무슨 소리야?"

"저기, 그게 오빠한테는 직전까지 비밀로 하고 놀라게 하자고 다 같이 말을 맞춰서. 실은 유즈리하 씨가 커플 드레스를 새로 맞춰 주셨어요! 저뿐만 아니라 유즈리하 씨랑 토코 씨도 입는다고요!"

"아, 그렇구나……."

"그러니까 당일에는 유즈리하 씨뿐만 아니라 저도 에스코트 해주세요!"

……아무래도 주변부터 이미 공략이 끝난 듯했다.

귀족이니 정치가니 하는 부류는 얽히면 골치 아파진다는 것이 나의 인생 신조인데.

"뭐, 어쩔 수 없지."

설마 실패한다고 죽이지는 않겠지.

난 3일 후 파티를 위해 각오를 다졌다.

4

그리고 개선 파티 당일.

공작 저택 한 곳에서 옷을 갈아입은 난 여성들의 모습을 보고 나도 모르게 말을 잃었다.

"에헤헤……어때요, 오빠?"

쑥스러워하면서도 기대에 가득 차 눈을 치켜뜬 채 바라보는 스즈하에게 무슨 말을 해야 할지 모르겠다.

커플 드레스를 새로 맞춰줬다고 말한 대로 세 사람 모두 같은 모습이었다.

그거 자체는 좋은데——!

"스즈하네 오라버니 감상을 꼭 듣고 싶은데? 내가 보기엔 좀 가슴을 많이 드러낸 것 같지만……."

그래, 그거!

정말 그게 문제라고 큰 소리로 말하고 싶었다.

드레스 자체는 흰색을 베이스로 연한 포인트 컬러가 들

어가 있고 주름도 굉장히 아름다워 불만은 없다. 없는데.

일단 어깨와 쇄골이 몽땅 드러나는 토플리스 드레스라, 가슴 부분까지 깊게 파여 세 여성의 뛰어난 몸매가 터무니없이 강조되고 있는 것이다.

이걸 어떻게 말해야 좋을까. 그때 토코 씨가 끼어들었다.

"스즈하 오빠도 우릴 보고 넋을 잃은 거야? 의뢰한 디자이너 말에 따르면 이 드레스는 완전 우리 전용이라던데? 우리만큼 굉장히 뛰어난 외모에 가슴까지 크지 않으면 디자인에 묻힌대. 그래서 말이야……어때?"

세 사람의 기대에 찬 시선에 난 어떻게든 답을 건넸다.

"……아, 아니, 저기, 뭐랄까……. 너무 야하지 않아……?"

물론 그 말 속에 '그 드레스는 좀 그렇지 않나'라는 의미를 포함할 생각이었는데.

웬일인지 세 사람은 내 말을 듣고 굉장히 기뻐했다.

"해, 해냈어요……태어나서 처음으로 오빠한테『야하다』는 말을 들었어요!!"

"그, 그래……?! 그대가 성적인 눈으로 봤다는 건 저기, 굉장히 부끄럽기는 하지만……그래도 그대의 파트너로서 그런 것도 어쩔 수 없이, 어쩔 수 없이 받아들일 각오는 있어……!"

"새, 생각보다 진짜 쑥스럽네……스즈하 오빠를 좀 놀릴 생각이었는데 이상하네……아하하하……."

이제 정말 뭐가 뭔지 모르겠다.

난 세 사람 뒤에 붙어 있던 메이드에게 다가가 제대로 된 제삼자의 의견을 몰래 묻기로 했다.

아마 세 사람의 옷매무새를 담당했겠지.

영리한 미모에 조용히 대기하는 정말이지 일을 잘할 것 같은 메이드였다.

"저기, 좀 물어보고 싶은데……이런 드레스가 정말 괜찮 나요?"

"물론입니다."

"그, 그렇습니까……역시 귀족 야외 파티……."

"그야 뭐. 세 분의 요염한 자태를 보신 분들은 전부 정액 을 스프링클러처럼 흩뿌리시겠죠. 줄여서 정액 스프."

"그러면 안 되는 거 아닌가요?!"

참고로 스프링클러라는 건 귀족 저택의 정원에 매우 드 물게 자리한 터무니없이 비싼 마도구였다.

"하지만 그것도 당연할 겁니다. 오늘 세 분의 옷차림은 아무리 조심스럽게 봐도 그 전설의 음마, 퀸 서큐버스를 훨씬 웃돌 정도로 섹시하니까요. 참가자 분들이 한 명도 빠짐없이 진짜 사랑에 빠지는 것은 물론, 구혼이나 애인 요청이 쇄도할 게 아마 틀림없습니다."

"진짜요……?"

눈앞이 어지러운 내가 관자놀이를 누르는 사이.

메이드가 이어서 이런 말을 꺼냈다.

"……말리실 거라면 지금이 적기입니다."

"네?"

"세 분을 말리는 건 간단합니다. 당신이 귓가에 다가가 속삭이면 되죠——『나 말고 다른 남자가 너의 멋진 가슴을 뚫어지게 쳐다보는 게 싫어』라는 식으로."

"네에……? 하지만 스즈하라면 몰라도 제게 유즈리하 씨랑 토코 씨에게 그런 말을 꺼낼 권리는 없을 텐데요……?"

"권리 운운할 문제가 아닙니다."

"그런가요?"

"——다만 당신은 자신의 마음을 전할 뿐. 그 이후에 어떻게 판단할지는 세 분의 몫이니 문제없을 겁니다."

"그건 확실히 그럴지도……? 하지만 정말 그런 말 한마디로 어떻게 될 것 같지는 않은데……."

"물론 실패해도 손해 볼 건 없으니 속는 셈 치고 시험해 보시지 그래요."

그 이후 메이드의 말대로 해봤더니 정말 어떻게든 됐다.

세 사람 모두 웬일인지 얼굴을 새빨갛게 물들이며 「내가 그렇게 말한다면 어쩔 수 없지」같은 느낌으로 순순히 물러난 것이다.

결국 세 사람 모두 어깨부터 가슴까지 가리는 외투를 입는 것으로 정리했다.

역시 공작가 메이드는 우수하다고 난 크게 감탄했다.

물론 이럴 거면 처음부터 말리라는 말은 차치하고.

파티에서 에스코트를 한다는 건 즉, 나랑 유즈리하 씨가 약혼자 같은 느낌으로 함께 파티장에 들어간다는 뜻.

아니나 다를까 우리가 파티장인 공작가 정원에 입장한 그 순간 파티장 전체가 크게 술렁거렸다.

엄청 유명한 공작 영애 유즈리하 씨 옆에 처음 보는 평민이 있으니 당연하겠지.

그래서 나도 거기엔 동요하지 않았다.

하지만 정말 동요할 수밖에 없는 다른 이유가 있었는데—.

"——아니, 왜 그렇게 엉거주춤 움직이는 거야?!"

"아니, 그게, 이 이상 다가오면 말이죠."

"그대는 나의 에스코트 담당이야. 좀 더 딱 붙어서 허리를 꽉 붙잡고 손을 감아. 이렇게 꽈악."

"아니, 하지만 그렇게 하면 유즈리하 씨의 풍만한 가슴 부분이 제 몸을 꾸욱 눌러요. 이렇게 꾸우욱."

"……어, 어쩔 수 없잖아. 하지만 다른 남자라면 몰라도 너라면 딱히……으윽, 너무 부끄러워……."

이러니저러니 어떻게든 입장은 끝냈다.

파티 시작 시간이 되어 등장한 공작가 당주가 스피치를 시작했다.

얼마나 우리 『유즈리하 씨와 그 동료들』이 화이트 헤어드 뱀파이어를 상대로 용감하게 맞섰는지, 그리고 그 결과

전설인 흡혈귀의 한쪽 팔을 베고 쫓아버린 전대미문의 대승리를 손에 넣었다는 이야기까지 이어졌다.

솔직히 듣는 이쪽이 부끄러워질 만큼 미화되어 있다.

왕도 제일의 음유시인에게 원고를 쓰라고 한 게 틀림없겠지.

그리고 연설이 끝나자 나랑 유즈리하 씨의 모의 전투가 시작되었다.

이것도 사전에 공작에게 그런 프로그램이라고 들었다.

모의 전투를 보여주고 우리의 실력은 진짜라는 사실을 어필하고 싶은 게 목표라나.

"자, 가자, 그대의 힘을 충분히 보여줘!"

기분이 한껏 고양된 유즈리하 씨에게 붙잡혀서 중앙으로.

이건 요컨대 그거였다.

유즈리하 씨보다는 풋내기 평민인 나의 역량을 출석자들에게 보여주기 위해 공작이 준비한 무대.

이미 압도적인 실력자로 알려져 있는 유즈리하 씨를 상대로 검을 주고받으며 이번 토벌 이야기가 거짓이 아니라는 것을 증명하려는 것이었다.

우선 무시무시하게 아름다운 춤과 함께 시작된 유즈리하 씨의 단독 검무.

상대인 나는 아마추어, 검무 따위 가능할 턱이 없었다.

아무리 생각해도 유즈리하 씨의 검무만으로 구경거리로서는 충분한 것 같은데.

"……하실 겁니까, 정말?"

"물론이지! ──이야아아아앗!"

나직이 중얼거린 내 목소리가 방아쇠가 되어 유즈리하 씨가 나에게 달려들었다.

처음 만났을 때보다 현격히 속도와 예리함이 늘어난, 한창 성장 중인 생기 넘치는 칼끝.

공격 과다로 방어에 약간 틈이 많은 건 자신보다 강한 상대와 싸우지 않기 때문일까.

물론 한 달 동안 장족의 진보를 이루기는 했다.

하지만 이건……평소 훈련 풍경과 다르지 않은데 괜찮으려나?

"핫! 흐응!"

붕! 붕!

파티장에 울려 퍼지는 건 유즈리하 씨의 참격 소리와 희미하게 새어 나오는 감탄뿐.

"괴, 굉장해……저 살육의 전쟁 여신이 진짜 온 힘을 쥐어 짜내고 있어……!"

"그 공격을 시원하게 피하는 저 청년은 대체 어디의 누구지……?!"

"한 번이라도 제대로 맞으면 상급기사라 해도 즉사일 텐데……!"

"기사단장의 일격보다 훨씬 빠른 데다 전부 정확하게 급소를 노리고 있잖아……!"

"유즈리하 님의 공격도 미쳤지만 저 참격을 하나도 남김없이 피하다니, 이미 인간 수준이 아니야……!"

역시 대화를 제대로 들을 정도의 여유는 없었지만 기사들이 모여 있는 근처가 시끄러웠다.

반대로 문관 귀족들은 감탄하며 바라보고만 있는 모습.

아니, 아마추어에게는 유즈리하 씨의 검이 제대로 안 보이지 않을까?

"하핫, 역시 스즈하의 오라버니! 하지만 조금은 공격하는 게 어때?!"

"그러네요. 그럼── 으으으으으읏?!"

적당히 검의 공격을 맞춰서 이 모의 전투를 끝내려고 도약한 순간.

시야 끝에 반짝반짝 빛나는 무언가가 보였다.

그게 뭔지 같은 건 생각할 틈도 없이, 몸이 반응했다.

──그건 아마 바람총 같은 것에서 나온 독침.

터무니없는 속도로 정확하게 유즈리하 씨를 노리고 날아왔다.

애초에 사각지대라 보이지도 않고, 만약 눈치챈다 해도 공중으로 크게 검을 휘두른 유즈리하 씨는 회피 불가능한 일격이다.

유즈리하 씨를 노리려는 초일류 암살자가 쏜 절대적인 한 수.

"하아아아아아앗──!!!!"

그 치명적인 일격이 유즈리하 씨 목덜미에 꽂히기 직전, 나의 무기가 독침을 바로 옆에서 두 동강으로 잘라내 떨어뜨렸다.

그대로 유즈리하 씨의 몸을 지면으로 내던지고 목덜미에 빈틈없이 검을 붙였다.

언제 두 번째 공격이 날아들어도 유즈리하 씨를 지킬 태세였다.

그렇게 언제 두 번째 공격이 날아들지 방심 않고 살피고 있었는데.

"……지, 진심인 네 앞에서는 나의 검기 따위 갓난아기랑 똑같다는 사실을 다시 뼈저리게 느끼게 돼……그건 그렇고 이 자세로 있는 건 좀 부끄러운데……?"

"……네?"

정신을 차려보니 난 유즈리하 씨의 몸을 덮치는 듯한 자세를 유지하고 있었고, 우리의 박진감 넘치는 모의 전투를 칭찬하는 큰 함성 소리가 울려 퍼졌다.

암살자의 기척은 어느샌가 사라지고 없었다.

*

서둘러 공작을 찾다가 토코 씨와 담소를 나누고 있는 모습을 발견한 후 그 사이에 끼어들었다.

"⋯⋯암살자?"

"네. 꽤 위험했습니다."

상황을 전하자 공작이 흐음, 하고 턱을 살짝 치켜올렸다.

"지금은 안전한가? ——뭐, 자네가 유즈리하 곁을 떠나 있는 이상은 물론 안전하겠지만."

"기척은 사라졌습니다. 애초에 암살자는 일류가 되면 될수록 실패한 시점에 자취를 감추는 법이니까요."

"왜 그렇게 생각하지?"

"일류 암살자는 한 번 쓰고 버려지지도 않고, 다음 기회에 죽이면 된다는 걸 알고 있으니까요."

"흐음⋯⋯토코 님은 어떻게 보나?"

"그냥 평소처럼 토코라고 불러도 돼. 하지만 그래, 다양한 적국에서 진짜로 유즈리하를 노리고 있다는 건 틀림없으니 그런 느낌 아니겠어?"

무슨 소리지?

내가 모르겠다는 얼굴을 하자 토코 씨가 설명해주었다.

"이번 기회니까 스즈하 오빠에게 말하겠는데——얼마 전에 왕립 최강 기사 여학원 원정에 유즈리하랑 함께 갔었잖아?"

"네."

"그때 산적이 너무 많다고 생각하지 않았어?"

"그야 그렇게 생각했죠."

"그건 전부 산적으로 가장한 적국의 정예부대였어."

"네?"

나도 모르게 얼빠진 목소리를 내고 말았다.

"아니, 아니, 농담이죠? 그 녀석들 전부 아마추어인 저조차 포박할 수 있을 정도의 송사리들이었는데요."

"……그 부분은 스즈하 오빠랑 논쟁하면 끝없이 귀찮아질 테니까 태클 걸진 않을게. 문제는 그게 아니라 유즈리하를 노리는 적국과 그와 연결된 배신자들이 여러 루트에 깔려 있다는 사실이지."

"……."

"그 원정 때 일부러 불완전한 정보를 다수의 스파이 의혹이 있는 녀석들에게 흘렸어. 각각 매복에 최적인 루트를 딱 하나만 준비해서 어디서 습격받으면 어디의 누가 배신자인지 확실하게 밝히려고 했지."

"그래서 결과는……?"

"멋지게 전부 히트. 이쪽이 준비한 모든 포인트에 딱딱 매복하고 있었지."

"네에……."

"물론 우연이 아니야. 그 이후 확실하게 고문해서 전부 남김없이 자백받았으니까."

뭐야, 그게? 귀족들 진짜 무서워.

그보다 그렇게까지 노려지다니, 유즈리하 씨는 얼마나 적들에게 미움을 받고 있는 거야?

"······부끄러운 이야기지만 우리나라 군대의 상층부는 제1왕자파와 제2왕자파로 성대하게 싸우고 있어. 그래서 전장의 뒤처리는 전부 유즈리하 혼자서 하고, 유즈리하가 열심히 하면 할수록 공적을 빼앗긴다며 유즈리하에 대한 비난은 점점 심해지지. 그런 악순환이 계속 되고 있어."

"그냥 지옥 아닌가요······?"

"지옥이야. 게다가 적국 입장에선 유즈리하만 사라져도 최고 간부들이 내분을 일으키는 걸 지켜보기만 하면 되니까. 그러다 피폐해졌을 때 공격하면 뭐, 어떻게 해도 이길 거라고 예상하고 있어. 그런데 바보들은 유즈리하를 죽이면 자신들 파벌의 지위가 급격하게 올라갈 거라고 들떠서 죄다 적과 내통하고 있는 거지."

"이런 나라, 망하면 되는 거 아니에요······?"

"마음은 아플 정도로 이해하지만 귀족에게는 나라를 수호할 의무가 있어. 그래서 나도 노력하고 있지. 게다가 유즈리하라면 뭐, 어지간한 일에는 죽지 않잖아."

그건 그럴지도 모른다.

아까 그 암살 미수도 유즈리하 씨가 나와의 모의 전투에 모든 신경을 집중하고 있었기 때문에 위험했을 뿐, 평소라면 본인이 눈치챘겠지.

그야 뭐, 아마추어인 나조차 눈치챘으니까.

"······무슨 생각을 하는지는 모르겠지만 스즈하 오빠가 생각하고 있는 건 절대 아닐 거라는 것만 말해둘게."

"그게 뭐예요, 너무한 거 아닙니까?"

5

그 뒤 난 파티장 정원으로 돌아갔고 머지않아 야외 파티는 무사히 종료되었다.

암살자의 두 번째 습격은 결국 없었다.

머리로는 말도 안 된다는 걸 알지만 실제로 일어나지 않자 바로 안심했다.

"──이제 다들 돌아갔네."

"그러게요."

파티장이었던 정원에 남은 건 나랑 유즈리하 씨뿐.

조명도 꺼져 지금은 별빛에 의지해야 하지만 나도 유즈리하 씨도 나름대로 밤눈은 밝은 편이었다.

"그런데 유즈리하 씨, 이런 곳으로 데리고 온 이유가 뭔가요?"

유즈리하 씨가 암살될 뻔한 것은 아직 본인에게는 말하지 않았다.

그러니 그 일은 아닐 것이다.

암살에 대해 이야기해 야외 파티를 충분히 즐기고 있는 유즈리하 씨에게 찬물을 끼얹은 것은 아무래도 꺼려졌다.

공작이 나중에 직접 말하겠다고 했고 오늘 하루는 유즈리하 씨가 파티를 만끽했으면 좋겠으니까.

뭔지 궁금해하자 유즈리하 씨가 예상 밖의 말을 꺼냈다.

"이유? 그건 뭐, 너랑 한 곡 추려고."

"……네?"

"로맨틱한 별빛 아래에서 멋진 드레스를 입은 내가 파트너와 함께 춤을 춘다. ──그런 장면을 난 계속, 계속, 계속 꿈꾸고 있었어."

내겐 유즈리하 씨한테 파트너라고 불릴 만한 일을 한 기억이 없다.

유즈리하 씨랑 자주 단련하는 상대는 여동생인 스즈하였고, 그러니 스즈하를 파트너라고 부르는 게 훨씬 더 맞는 말일 것이다.

단 하나만 빼면.

화이트 헤어드 뱀파이어와의 싸움 도중에 자기 몸을 바쳐 목숨 걸고 날 감싸려고 한 유즈리하 씨──그때 확실히 우린 파트너였다.

"단둘이 있으니 이런 건 더는 필요 없겠지."

유즈리하 씨가 어깨 위로 걸쳤던 케이프를 내던졌다.

머리보다 한층 더 크고 농익은 완숙 메론이 2개, 싱싱한 탄력을 자랑하며 자기 존재를 주장하고 있었다.

"있잖아, 난 어릴 때부터 동경했었어."

"뭘요?"

"나처럼 거친 여자라도──살육의 전쟁 여신(킬링 가디스)이라는 별명이 붙은, 남자든 여자든 한결같이 사신이라며 두려워하는 여자에게도 정말 나 자신을 봐주는 나와 대등한 파트너가 있고——."

"……네……."

"하지만 그 남자는 당연히 날 파트너로서만 보고 여자로서는 눈곱만큼도 본 적이 없는 거지. 그래서 난 그 남자에게 복수해주는 거야."

"……네……."

"파트너는 로맨틱하게 별이 빛나는 밤, 아무도 없는 정원에서 최선을 다해 꾸민 나와 함께 춤을 추는 거야. 그때 처음으로 파트너는 내가 그냥 의지가 되는 파트너일 뿐만 아니라 사실은 다 큰 여자였다는 사실을 깨닫는——그런 스토리."

그건 분명 유즈리하 씨가 계속 원했던 꿈.

그리고 아마 불행하게도 파트너로서 어울리는 인간을 찾지 못했겠지.

불과 10살에 첫 출전을 장식하고 그 이후 계속 전장을 누비는 동안 계속.

"어때, 스즈하네 오라버니. 안 될까……?"

유즈리하 씨도 사실은 분명 알고 있다.

난 그녀가 계속 꿈꿔온 이상적인 파트너 따위가 아니야.

다만 그런 계기가 있었을 뿐, 교제도 서로에 대한 지식도 전혀 부족한 남자.

그러니까.

내 대답은 하나밖에 없었다.

"──자, 손을 주시죠. 아가씨."

"응──!!"

이렇게 귀족 스타일로 내민 나의 손을 유즈리하 씨는 눈물 날 정도로 만면의 미소를 가득 띤 채 꽉 맞잡았다.

그대로 강하게 끌려갔다.

이건 단순한 흉내 놀이.

아이들이 할 법한 소꿉놀이와 본질적으로 전혀 다르지 않다.

그렇기에, 유즈리하 씨는 아무런 스스럼없이 이 순간만큼은 날 오랫동안 함께한 파트너처럼 대하고 있는 것이다.

별빛 아래에서 댄스가 시작되었다.

난 평민이라 당연히 댄스 스텝 따위 몰랐다.

유즈리하 씨의 움직임에 맞춰 그냥 움직일 수밖에 없었다.

"댄스를 전혀 모르면서 나름대로 따라오는 운동신경은 역시 기대한 대로지만……으음, 앞으로 내가 직접 댄스 레슨을 해줘야 할 것 같은데."

"삼가 사양하겠습니다."

"사양하지 마. 대가는 훈련 및 그 이후의 마사지를 1시간 추가하는 정도로 끝내줄게."

"그러니까 필요 없다니까요."

이후 댄스는 끝없이 반복되어, 결국 우리를 발견한 스즈하가 '치, 치사해요! 나도 오빠랑 춤추고 싶어요!'라고 외치며 달려들 때까지 이어졌다.

여동생이 여기사 학원에 입학했더니, 어째선지 구국의 영웅이 되었습니다. 내가.

4장 오거의 대수해

그날, 공작 저택에서의 저녁 식사 시간에 이야기를 듣고 깜짝 놀랐다.

기말고사는 무려 무시험이었고 스즈하가 학년 톱으로 결정됐다고.

"네? 그게 무슨 뜻입니까? 역전 기회도 없습니까?"

"아니, 아니, 그런 건 아니야. 아닌데……."

유즈리하 씨가 곤란한 듯한 어조로 해설을 덧붙였다.

"내가 할 때는 입시에서 시험관을 쓰러뜨린 학생이── 여기서는 스즈하가, 기말시험에서 학생 전원을 상대로 승부했어. 그래서 전원을 쓰러뜨리면 불만 없이 학년 톱, 만약 스즈하가 지면 그 시점에 남은 학생들끼리 다시 토너먼트를 조직하는 그런 흐름이었어."

"그것도 그것대로 굉장한 시험 방법이군요……."

"그렇게라도 하지 않으면 승부가 안 나니까. 다만 나 때는 그걸로 해결됐는데……."

그러고 보니 입시에서 시험관을 쓰러뜨린 건 유즈리하 씨가 사상 처음, 스즈하가 두 번째라고 했지.

"이번에는 그러면 안 됐던 건가요?"

"아뇨, 오빠. 전 그것도 상관없지만 모두 기권하는 바람에."

"기권?"

"네. 사전에 제가 어느 정도의 힘을 갖고 있는지 전하려고——."

"응."

"교정에 있던 추정 중량 10톤 정도인 바위를 맨손으로 들어 올린 후 부둥켜안았더니 웬일인지 반 학생들 모두가 안면이 창백해져서 기권하고 말았어요."

"흐음……."

그게 일반인 상대였다면 말도 안 되는 위협이었겠지만, 그럭저럭 왕립 최강 기사 여학원에 입학해 1학기를 보냈을 무렵이라면 어느 학생도 그 정도는 할 수 있을 텐데…….

"왜 기권했을까?"

"정말 이해 불능이에요."

"……스즈하랑 그 오라버니는 조금 더 상식이라는 걸 배워야겠다."

공작가 영애에게 상식에 대해 지적을 당했다. 괴로워.

내 머릿속에서 '이 상식도 없는 녀석!'이라는 대사는 서민이 귀족을 바보 취급할 때 쓰는 대명사 같은 건데.

"뭐, 그런 건 아무래도 상관없어. 스즈하네 오라버니, 문제는 앞으로의 일이야."

"그게 무슨?"

"우리에게 군 최고 사령부에서 직접 명령이 떨어졌어."

최고 사령부에서 지명을 받다니, 역시 유즈리하 씨라고 감탄했다.

"왜 남의 일처럼 보는 거야? 명령에는 당연히 스즈하네 오라버니도 포함되어 있다고."

"네에? 하지만 전 군인도 뭣도 아닌 그냥 평민인데요……?"

"그 정도의 모의 전투를 보여줘 놓고 그냥은 무슨."

유즈리하 씨가 한심하게 쳐다보았다. 왜?

"뭐, 스즈하네 오라버니에게 자각이 없다는 건 새삼스럽지도 않지만."

"웅? 제가 또 무슨 실수라도 했나요?"

"시끄러워, 이야기가 진행되질 않잖아. 얼른 최고 사령부가 내린 명령을 듣고 놀라도록 해──명령은 무려 나랑 스즈하 남매 셋이서, 국경에 있는 『오거 대수해』를 방위하는 임무라고!"

못마땅해하며 오만상을 찌푸린 얼굴로 유즈리하 씨가 말을 뱉어버렸다.

하지만 듣기에는 그렇게까지 기분 나빠할 만한 명령 내용은 아닌 것 같았다.

분명 난 군 소속이 아니지만 일당이 나온다면 딱히 상관없고…….

"아무것도 모르나 보네. 이 명령은 우리 셋이서 오거의 대수해의 위협에서 지역을 방위하는 거라고."

"……네에?"

유즈리하 씨의 말을 곱씹은 나는 즉시 한 가지 가능성을 떠올렸다.

아니, 아니, 아니, 그래도 설마. 말도 안 돼.

"유즈리하 씨. 만약을 위해 확인하겠는데 그 임무에는 물론 우리 외에 많은 병사들도 포함되어 있겠죠⋯⋯?"

"그런 게 있겠어?"

"그러니까? 제가 아는 한 오거의 대수해는 수십만의 오거들이 서식하는 곳인 데다 매년 여름 번식기에는 넘쳐나는 오거가 우르르 숲 밖으로 나온다는, 굉장히 위험하고 국방상 굉장히 중요한 장소일 텐데요⋯⋯?"

"맞아."

"게다가 대수해의 오거 중엔 변이종 비율이 웬일인지 꽤 높아서 병사는 물론 숙련 기사조차 다수로 대처하는 게 기본이라고 들은 것 같은데⋯⋯?"

"잘 공부했네. 그대라면 지금 당장이라도 기사로서 추천할 수 있는데 어때?"

"필요 없습니다. 그보다 그런 곳에 우리 셋만 파견되다니, 에둘러 말하면 머리에 피가 쏠릴 일 아닌가요⋯⋯?"

"나도 그렇게 생각해!"

과연, 이건 유즈리하 씨가 폭발할 만했다.

"최고 사령부의 얼간이가 이 명령을 전달하러 와서 날 향해 『화이트 헤어드 뱀파이어와 대등하게 싸운 실력 있는 분들이라면 뭐 쉽게 할 수 있는 일이겠지. 아하하──』라고 하더라. 너무나 화가 나서 내가 얼마나 실력이 있는지를 처절하게 깨달을 수 있게 해줬어. 문자 그대로."

"……문자 그대로?"

"오빠……공작 저택에는 사자 소생 마법진이 있잖아요."

"앗. (눈치 챔)"

예리한 나는 무슨 뜻인지 이해하고 말았다.

"다소 지나쳤는지 마지막에는 내가 시야에 들어오기만 해도 공포로 떨면서 울고 구토가 멈추지 않는 상태가 되었지만……응? 스즈하네 오라버니, 왜 한 걸음 뒤로 물러나는 거야?"

"솔직히 좀 질리는데요."

유즈리하 씨는 절대로 화나게 해선 안 되겠다고 다시 한 번 깨달았다.

2

오거의 대수해로 향하는 여정은 단적으로 말해 굉장히 쾌적했다.

이유는 물론 유즈리하 씨.

공작가라는 국내 최고의 권력 신분과 거기에 어울리는 금전을 충분히 써대는 혜택을 나랑 스즈하도 받게 된 것이었다.

군의 명령으로 국경 끝을 향한다고는 도저히 생각할 수 없는, 바야흐로 대귀족의 여행이었다.

"──오거의 대수해에 도착하면 특히 스즈하네 오라버니는 주의해줬으면 좋겠어."

어느 여관에서 저녁 식사 후.

유즈리하 씨가 진지한 말투로 나에게 말을 붙였다.

"이웃 나라와 공동으로 사용하는 요새가 오거의 대수해 방위 거점이야. 거기서 우리나라로 밀려오는 오거는 우리 담당, 저편으로 다가가는 오거는 이웃나라 담당이지."

"네."

"그 이웃나라에서……이건 기밀정본데 몇 년 전에 쿠데타가 일어났어. 표면상으로는 온당한 정권 교대라는 형태를 취했지만."

"그렇습니까."

"그래서 현재 이웃나라의 실권을 쥐고 있는 게──아마조네스족이야."

무심코 눈을 끔뻑거렸다. 뭐라고?

"……아마조네스? 그 전설의? 농담이시죠?"

"농담 아니야, 진짜 아마조네스 군단이야. 지금까지 계속 오지 영토에 틀어박혀 있었지만 몇 년 전 족장이 교체된 후 눈 깜짝할 사이에 압도적인 군사력을 길러 이웃나라 전체를 장악했지."

"엄청 수완가인 족장님이네요."

"뭐, 정치적 수완도 생각보다 좋고 무엇보다 군사에 있어 천재라는 건 틀림없어."

유즈리하 씨가 한숨을 내쉬고 말을 이었다.

"문제는 지금부터야. ……우리 공작가 정보망에 의하면 아무래도 올해 오거의 대수해에 이웃나라 전력으로 나오는 게 그 아마조네스 군단이야."

그게 무슨 문제라는 거지?

"뭐 어때요? 아마조네스 군단은 전력으로서 우수하잖아요?"

"전력으로서는. 하지만 곤란하게도 아마조네스는 남자를 싫어해."

"아아. 들은 적이 있습니다."

"뇌수까지 근육으로 만들어진 아마조네스들은 남자라는 건 교배에 필요할 뿐, 연약한 녀석들밖에 없고 여자랑 비교해서 전사가 될 소질 따위 눈곱만큼도 갖고 있지 않다고 진심으로 믿고 있거든. 그래서 남자에 대한 태도가 극히 나쁘고, 아니, 그렇다기보다 같은 인간이라고조차 생각하지 않는 구석이 있어."

"과연……."

"게다가 이번에 우린 군부의 바보들 때문에 고작 셋밖에 없다는 약점이 있어. 유일한 남자인 너에 대한 비난은 정말 굉장하겠지."

그러자 그때까지 옆에서 아무 말 없이 듣고 있던 스즈하가 조용히 입을 열었다.

"즉 오빠를 모욕한 빌어먹을 여자들을 전부 때려눕히면 된다는 뜻이죠?"

"잠깐, 스즈하?!"

"그건 상관없지만 절대로 안 들키게 해줘. 아무래도 들키면 외교 문제로 번질 테니까."

"유즈리하 씨까지 무슨 소릴 하시는 거예요?!"

"뭐, 그건 현지에서 차분히 의논하기로 하자."

"농담이라고 말해주세요!"

유즈리하 씨가 날 향해 미안하다는 듯 고개를 숙였다.

"스즈하네 오라버니가 불쾌할 거야. 굉장히 미안하게 생각해."

"그런 건 괜찮으니까 고개 드세요."

"──그렇다고 해도 아마조네스들이 인권조차 인정 안 하는 건 어디까지나 평범한 남자들이니까. 그대가 얼마나 강한 남자인지 알게 되면 녀석들은 마치 드릴처럼 손바닥을 바로 뒤집을 거야. 그러니까 그때까지만 참아."

참고로 드릴이라는 건 굉장한 속도로 회전하는 마도구로 굉장히 비싸다.

"아, 저 정도 실력이면 되나요?"

"……여러 가지로 하고 싶은 말은 산더미지만 그대 정도로 강하면 아무런 문제도 없을걸."

그럼 살짝 안심.

자기 스타일로 단련한 나까지 인정받을 수 있다면 소문으로 들은 아마조네스의 남자 혐오도 그 정도로 심한 건 아닐지도 모른다.

3

드디어 도착한 오거의 대수해 방위 거점은 커다란 요새 건물이었다.

그곳에 있던 건 이웃나라의 아마조네스 군단 대략 1000명.

이 요새에 오거의 번식기에 맞춰 인접한 양국이 각각 10만 명의 병력을 제공한다는 약속을 했지만 단 1000명으로도 문제없다는 뜻이다.

왜냐하면 아마조네스는 단 한 명이 병사 100명 분량의 효과를 내니까.

정말일까?

"——그쪽이 고작 3명일 줄은 몰랐는데."

무표정인 가운데 약간 불쾌와 불신을 엿보이고 있는 건 아마조네스 군의 총군단장인 두 사람.

어떻게 봐도 똑같다고밖에 볼 수 없는 쌍둥이로 이름은 카논 씨와 시온 씨라고 했다. 나이는 잘 모르겠지만 우리보다 좀 위일까?

그 모습은 어디서 봐도 아마조네스. 비키니 아머로 몸을 감싸고 단련된 갈색 육체를 아낌없이 드러내고 있었다.

외모는 이른바 동방계, 윤곽이 뚜렷하지 않아 언뜻 보기에는 수수하게 보이지만 자세히 보면 무시무시한 미소녀였다.

비키니 아머로 흰히 다 보이는 몸매도 뭐, 엄청나게 야했다.

아마조네스족 여성들은 모두 쭉쭉 빵빵 스타일이었지만 그 톱인 두 사람은 서큐버스도 두 손 들고 도망갈 정도로 발육 상태가 뛰어났다.

물론 이쪽의 스즈하나 유즈리하 씨도 뒤지는 건 아니지만.

"그쪽의 불쾌함은 지당하게 생각해. 다만 이쪽 이야기도 들어줘."

마음 약한 남자라면 눈앞에 서 있기만 해도 지릴 것 같은 박력 있는 미인 자매의 노려보는 시선에도 아무렇지 않다고 주장하는 유즈리하 씨가 굉장히 믿음직스러웠다. 역시 귀족.

"현재 우리나라의 군 사정이 굉장히 힘들다. 물론——."

유즈리하 씨가 어떤 핑계를 댈지는 사전에 들었다.

뭐, 간신히 거짓은 아닌 내용이다. 조심스럽게 표현해도 과장되었고 헷갈리기 쉬우며, 오해를 부를 만하다.

즉 의례적이고 외교적인 대화라는 것이었다.

물론 상대도 바보는 아니기 때문에 그런 건 알고 있을 테니, '나도 고작 셋이라니 미친 것 같지만 상층부가 쓰레기라 어쩔 수 없어. 미안해☆'라는 것을 굉장히 정중하게

오블라토를 몇 겹이나 감싼 대화……일 거라 유즈리하 씨
가 말했다.

유즈리하 씨의 혼신의 변명이 끝나자 아마조네스 총군
단장 중 한 명이 가볍게 고개를 끄덕였다.

"……그쪽이 하고 싶은 말은 이해했다."

"그, 그래? 다행이군——."

"하지만 그런 건 아무래도 상관없어. 그보다."

이것 또한 유즈리하 씨한테 들었다.

아마조네스는 귀족의 계급적인 의례는 중시하지 않는
경향이 있었다.

그래서 직접적으로 다양한 말들을 들을지도 모른다는 것.

"——문제는 그쪽에 있는 남자다."

"스즈하의 오라버니 말인가? 하지만 지금도 말했듯이
그는 분명 남자일지도 모르지만 우리의——."

"됐다. 말로는 어차피 몰라."

아마조네스 쌍둥이가 단호하게 함께 날 가리키며 교대
로 말을 꺼냈다.

"유즈리하는 당신을 굉장히, 굉장히 강하다고 했다."

"하지만 그런 건 도저히 믿을 수 없다."

"그래서 우린 너에게 승부를 제안한다."

"그 승부에서 이긴다면 우리도 널 인정하지——."

""어떤가?""

박력 있는 미인들이 빤히 쳐다보며 어떠냐고 물어보면.

나 같은 단순한 평민이 할 수 있는 대답 따위 하나밖에 없잖아.

"아, 네……!"

"말 한번 잘했다. 남자."

"그럼 지금부터 죽음의 시합을 시작하지."

"결판은 어느 쪽이 항복, 혹은 죽을 때까지. 이의 없나?"

"어, 없습니다."

왠지 시합이라는 말이 굉장히 위험해 보였는데 기분 탓이겠지.

게다가 이 상황은 남자인 내가 최소한의 실력이 있다는 사실을 아마조네스 모두에게 보여줄 기회를 만들어줬다고도 말할 수 있으니까.

그렇게 생각하면 두 사람은 나도 제대로 배려해주고 있는 것 같았다.

말투는 좀 그렇지만.

공동전선을 구축하기 전에 실력을 확인하는 건 오히려 당연한 일이고.

"스즈하네 오라버니라면 괜찮겠지만 아무쪼록 몸조심해!"

"오, 오빠! 부디 무사하시길!"

웬일인지 과장된 느낌으로 배웅하는 두 사람 때문에 내심 고개를 갸웃거렸다.

오버하기는. 단순한 모의 시합인데.

아마조네스 총군단장의 유도에 앞으로 나가자 어느샌가 간이 콜로세움 같은 것이 만들어져 있었다.

이 요새에 있는 아마조네스 전원이 원을 그리듯 겹겹이 에워싸고 그 안이 뻥 뚫려 있었다. 이 안에서 싸우라는 뜻이겠지.

아마조네스 원의 중심에 도착하자 두 사람이 내 검에 시선을 건네며 말했다.

"남자, 너의 무기는 빈약하군. 빌려주지."

"아, 아뇨, 괜찮습니다."

나의 무기는 아마조네스족이나 유즈리하 씨의 무기처럼 고급품이 아니었다. 서민인걸. 하지만 그렇기에 무기 품질에 너무 의지하지 않는 싸움을 궁리해왔다.

"전 뭣하면 무기 없이도 괜찮으니까요."

여차하면 무기 없이도 싸울 수 있다고 어필할 생각이었는데.

내가 그렇게 말한 순간 웬일인지 두 사람의 살기가 부우우웅 팽창했다.

"남자, 말 잘하는군."

"우리 아마조네스를 상대로 놀라운 자신감……어지간히 실력자인가, 아니면 단순히 어리석은 자인가."

"확인해봐야겠군."

"그냥 인정할 순 없으니까. ──그대가 아마조네스 전부를 얻을지 아니면 죽을지."

"그런 싸움이라는 걸 명심해."

"자, 정정당당하게——"

""'승부!!'""

화가 난 아마조네스족 두 사람이 기습하듯 나에게 돌격했다.

혹시 '너희 따윈 맨손으로도 이길 수 있다' 같은 식으로 받아들인 걸까.

변명하려 해도 아마조네스족이 굉장한 속도로 달려왔다.

내가 무기를 사용하지 않는다고 오해한 것 같아 검은 쓸수도 없고——어쩔 수 없지!

"갑니다!"

달려온 아마조네스족의 발을 걸어 최대한 멀리 내던졌고.

절묘한 시간차로 달려온 또 한 명의 아마조네스족 복부를 가볍게 타격했다.

내 주먹은 노출된 아마조네스족의 복근에 깊게 꽂혔고——.

"——으ㄱ으으으으윽?!"

몸을 ㄱ자로 구부린 아마조네스족이 개구리가 치인 것 같은 신음 소리를 흘렸다.

4 (유즈리하 시점)

충격적인 싸움이 전개되고 있었다.

아마조네스 군단의 총대장 두 사람이 단 한 남자에게 멋대로 다뤄지고 있었다.

실력의 차이는 명백했다.

"……오빠는 정말 어디까지 강한 건지, 여동생인 저도 모르겠어요……."

"걱정 마. 나도 그러니까."

"……오빠 말에 의하면 우리처럼 오빠도 성장하고 있다는데요. 원래도 레벨 차이가 너무 심해 높은 구름 위에 있는데 더욱더 강해지다니 정말 도무지 이해 불능한 레벨이에요……."

"완전 공감해. 굉장히."

스즈하의 혼잣말을 유즈리하가 전면적으로 긍정했다.

유즈리하는 생각했다.

대체 저 남자는 자신이 하고 있는 걸 얼마나 이해하고 있는 것일까.

애초에 아마조네스라면 대륙에 이름을 떨치는 전투 민족으로, 태어난 아이는 누구든 예외 없이 어릴 때부터 터무니없이 엄격한 훈련을 계속 받는다.

그런 엄격한 훈련을 이겨내고 성인이 된 아마조네스 한 명의 실력은 과장 없이 병사 100명에 해당한다고 불릴 정도였다.

그리고 아마조네스 사회에선 강한 쪽이 또한 사회적 지위도 높았다.

즉 아마조네스 총군단장인 두 사람은 틀림없이 그대로

아마조네스 전투력의 톱이라는 뜻이다.

저 쌍둥이는 유즈리하의 기억으로는 공동으로 족장도 겸임하고 있을 텐데, 스즈하네 오라버니는 그 두 사람을 갓난아이처럼 해치우고 있었다.

이 정도 일은 설령 상대가 한 명이라 해도 유즈리하로서는 절대로 해낼 수 없다.

얼마 전보다 비약적으로 실력이 향상된 지금은 일대일이라면 저 두 사람을 상대해도 나름대로 높은 승률을 얻을 수 있겠지만 그럼에도 방심하면 기다리고 있는 것은 패배와 죽음뿐이겠지.

"앗……! 오빠, 방금 검을 손가락 하나로 막았어요……!"

"……눈앞에서 봐도 믿을 수가 없어…….."

분명 스즈하네 오라버니는 단순한 모의 시합이라고 생각하는 것 같았다.

하지만 다른 모두는 그렇지 않았다.

거기 있는 건 단 한 남자에게 초전투민족 아마조네스족의 정점에 서 있는 두 사람이 한꺼번에 아이 취급당하고 있다는 사실 하나.

유즈리하는 지금 저 아마조네스 두 사람의 마음이 아플 정도로 이해됐다.

──스즈하네 오라버니에게 이길 수 없는 건 당연한 일이야.

실력이 절망적으로 차이 난다는 건 이미 이해하고 있겠지.

하지만 적어도 칼을 한번 먹여주지 않으면, 총군단장으로서 족장으로서 면목이 서지 않는 것이다.

아마조네스 두 사람의 얼굴은 이미 꾸깃꾸깃 일그러져 있었다.

눈가에서 끝없이 흘러넘치는 액체를 흐르는 땀이라고 착각하고 있는 건 이 자리에서 단 한 사람밖에 없었다——.

"앗……! 이번에는 오빠가 상대의 검 위에 올라섰어……?!"

"……저 군단장 두 사람도 상대가 오늘 처음 검을 쥔 신병이라 해도 저런 짓은 못 하겠지. 즉 그 이상의 실력 차이라는 것인가……."

"……참고로 유즈리하 씨는 저 두 사람을 상대로 혼자 싸울 수 있으세요?"

"무모하긴. 한쪽만 상대하면 몰라도 저 두 사람의 진면목은 무시무시한 콤비네이션이야. 그걸 한꺼번에 상대하는 건 자살행위와 같아."

"그렇죠……하지만 그러면 오빠는 대체……."

말로는 어이없어하면서도 스즈하의 시선은 뜨거웠다.

그러다 유즈리하는 깨달았다.

점점 공기가 바뀌기 시작했던 것이다.

뭔가 시합을 보고 있는 주위 아마조네스들의 눈이 왠지 모르게 하트마크로 변한 듯한……?

"유즈리하 씨. 만약을 위해 물어보겠는데요."

"뭐야, 스즈하?"

"……설마 아마조네스 일족은 자신보다 강한 남자를 발견하면 반한다거나 그런 건 아니겠죠……?"

"아니, 그런 말은 들어본 적도 없어. 없는데…….."

유즈리하 이마에 식은땀이 한 줄기 흘러내렸다.

애초에 아마조네스가 남자에게 냉혹한 건 연약한 남자를 대등한 이성으로 인정하지 않기 때문이라고 알려져 있다.

그럼 만약 자신들 중에서 가장 강한 족장조차 가볍게 마음대로 다룰 만큼 강한 그런 남자가 나타나면 어떻게 될까?

혹시 그건 아마조네스에게 처음으로 인정할 수 있는 이성 아닐까.

좋은 말로 하면 고고하지만 실태는 남자 가뭄인 여군단.

그곳에 별안간 나타난 유일무이한 왕자님으로 보였다고 해도 전혀 이상하지 않을지도——?

"……하, 하하……설마……!"

유즈리하에겐 실룩거리는 미소를 띠는 게 최선이었다.

5

내가 아마조네스들에게 무자비하게 당할 것이라는 의혹은 완전히 기우로 끝났다.

처음엔 다소 무뚝뚝했지만 인사 대신 가볍게 모의 시합을 벌이자 금방 마음을 터놓고 마치 가족처럼 친밀하게 대해주었다.

아마조네스족은 모두 굉장한 미인에 스타일도 발군인데다 엄청 우호적이었는데, 미소를 흩날리며 신체 접촉도 신경 쓰지 않을 정도로 거리가 굉장히 가까웠다.

세간의 소문은 믿을 수 없다는 걸 다시 한번 생각한 오늘이었다.

"……무슨 생각을 하는지 모르겠지만 지금 오빠가 생각하는 건 절대로 전부 통째로 틀렸을 거예요."

"왜 그래 스즈하, 아닌 밤중에 홍두깨처럼."

"됐어요, 오빠의 착각은 어제오늘 일이 아니니까요. 하지만——."

"왜?"

"——어째서 아마조네스 두 사람이 오빠 옆에 앉은 거예요?! 그곳은 제 자리잖아요!"

콰앙, 스즈하가 테이블을 두들기자 놓여 있던 음식이 공중으로 떠올랐다.

"잠깐, 스즈하. 식사 중에 예의 없는 행동은 바람직하지 않은데."

"죄, 죄송해요, 오빠. 저도 모르게……!"

맥없이 반성한 스즈하 옆에 앉은 유즈리하 씨가 쓴웃음을 지었다.

"자, 자, 스즈하네 오라버니. 이렇게 스즈하도 반성하고 있으니까 지금은 날 봐서 용서해줘."

"유즈리하 씨가 그렇게 말하신다면."

"게다가 내가 보기에도 스즈하 말대로 아마조네스 둘이 스즈하네 오라버니랑 너무 가까운 것 같은데?"

"어쩔 수 없잖아요. 신체 접촉은 아마조네스의 방식이라니까."

그래, 난 지금 좌우에 앉은 아마조네스 총대장 쌍둥이 사이에 끼여서 식사하고 있었다.

이건 이 나라와 이웃나라 아마조네스 군단이 앞으로의 공동 전선 구축을 위해 개최한 조촐한 리셉션의 일환이라 했다.

그러니 내 자리는 스즈하나 유즈리하 씨와 같은 테이블 맞은편에 있는 것이 보통이었는데.

내가 답하자 좌우의 아마조네스가 동시에 응 응 깊게 고개를 끄덕였다.

"그래, 대인의 말이 맞아. 이건 아마조네스 일족 최고의 환대 형식이야. 방해하면 용서 못 해."

"우리가 최선을 다해 대인을 대접하는 것을 방해한다면, 아마조네스 군단은 설령 마지막 한 병사만 남는다 해도 끝까지 싸우겠어."

나에 대한 아마조네스족의 호칭은 웬일인지 대인으로 고정되고 말았다.

뭔가 아마조네스족에게는 특별한 이유가 있는 듯, 유즈리하 씨가 아무리 난색을 표해도 이 호칭 이외에는 받아들일 수 없다며 거부한 것이다.

딱히 난 어떻게 불려도 상관없다.

게다가 분명 『아마조네스가 인정한 남자』 같은 멋있는 의미가 있지 않을까.

있을지도 몰라.

있었으면 좋겠는데.

"……뭐, 됐어요. 하지만 오빠, 식사가 끝나면 우리와의 훈련 일과가 기다리고 있으니까 잊지 마세요."

웬일인지 심기가 편치 않은 스즈하가 그렇게 말하자 아마조네스 두 사람이 반응했다.

"그거 잘됐네. 꼭 우리도 참가하게 해줘."

"물론 그 이후 스페셜한 마사지라는 것도?"

"뭐?! 어떻게 두 사람이 스즈하네 오라버니의 마사지를 알고 있지?!"

굉장히 당황한 스즈하와 유즈리하 씨를 향해 아마조네스 두 사람이 흐흥 웃었다.

"우리 아마조네스의 정보망에 걸리면 그 정도는 당연히 알게 된다."

"우리는 동맹군, 설마 감추는 건 아니겠지?"

"크윽…….""

유즈리하 씨가 웬일인지 완벽하게 패배한 것처럼 무릎을 꿇었다.

어떻게 된 거지?

평소처럼 훈련한 뒤에 마사지를 하는 것뿐인데.

6 (토코 시점)

왕궁 복도를 스치듯 지나갈 때 심복이 살짝 건넨 보고서를 자기 방으로 돌아가 읽은 토코는 빙그레 미소 지었다.

"아마조네스 군단, 함락이라……역시 스즈하의 오빠인 건가?"

이 나라의 수면 아래에서 은밀하게 진행되고 있는 한 가지 쿠데타 계획.

다음 왕좌를 둘러싸고 권력 싸움을 벌이는 중인 제1왕자파와 제2왕자파를 전부 쫓아버리고 제1왕녀인 토코가 다음 여왕이 된다는 계획이었다.

주모자 중 한 명인 토코는 쿠데타 성공 자체는 의심하지 않았다.

어쨌든 이 나라에서 최고의 전력인 4명——본인, 유즈리하, 스즈하, 그리고 스즈하 오빠가 모이면 쿠데타가 실패할 미래 따위 생각도 되지 않았다.

하지만 미래의 통치자인 토코에게는 여왕이 됐다고 끝이 아니다.

앞으로의 일도 생각해서 지금부터 포석을 깔아둘 필요가 있었다.

"이걸로 가장 위험할 것 같았던 아마조네스들의 침공은 우선 피하게 됐고……참나, 그 녀석들은 빌어먹을 정도로 강한 데다 충성도까지 끝없이 높으니까 처음에 눌러놓지 않으면 위험해서 감당하기 힘들다니까……."

쿠데타가 일어난다는 건 자신들의 나라가 혼란스럽다고 널리 알리는 것.

당연히 타국에게 약점을 이용당할 요인이 된다.

현재 실질적으로 이웃국가를 지배하는 아마조네스족의 족장과 토코는 몇 번인가 이야기를 나눈 적이 있다. 지극히 수완 좋은 쌍둥이로 절대로 적으로 돌리고 싶지 않은 상대였다.

이쪽이 방심하면 단숨에 공격해 오겠지.

지금도 유즈리하나 토코만 없으면 이미 이쪽 나라를 침공했을 게 틀림없었다.

"하지만 그건 그렇고 대인이라니, 정말 예상 밖이군…… 스즈하 오빠는 얼마나 월등히 차이 나는 힘을 보여준 걸까."

아마조네스 일족이 어설픈 군대보다 훨씬 엄격하고 실력이 뒷받침되는 극히 견고한 계급사회인 것은 세간에 잘 알려져 있었다.

하지만 그중에서도 족장보다 더욱더 위인 전설의 계급이 존재한다는 사실을 아는 자는 거의 없겠지.

그것이 대인.

아마조네스 족장이 자신보다도 훨씬 강자로 인정한, 아마조네스의 정점보다 훨씬 정점에 서 있는 자라고 인정한 남성에게만 부여되는 칭호.

참고로 강한 상대가 여성인 경우에는 강제적으로 새로운 족장이 될 뿐 딱히 언니라고 불리지는 않는다.

"그건 그렇고……후훗, 유즈리하의 초조한 얼굴이 눈에 선한데……."

유즈리하니까. 지금까지는 이러니저러니 해도 최종적으로는 자신이 스즈하 오빠를 차지할 수 있다고 마음속으로 생각하고 있었겠지.

어쨌든 최대의 라이벌인 토코에게는 왕녀라는 너무 큰 방해물이 있었다. 왕족은 평민과 결혼할 수 없다는 사실이다.

또 한 명의 라이벌 후보로는 여동생이 있지만 그건 어디까지나 여동생. 뭐, 스즈하 본인은 그렇게 생각하지 않는 것 같지만.

다른 라이벌은 공작가 권력과 유즈리하의 무력으로 쫓아내면 그만이었다.

하지만 아마조네스족은 그럴 수 없다.

안 그래도 압도적인 무력 집단으로 알려진 아마조네스. 게다가 지금 족장은 이웃나라 정치의 실권도 꽉 쥔 상태다.

그 권력, 재력, 무력을 합치면 사쿠라기 공작가조차 뒤처질 정도겠지.

그 스즈하 오빠 획득 레이스에서 압도적 우위에 있던 유즈리하가 스즈하 오빠와 같은 나라 사람이라는 유리함을 가지고서도 간신히 막상막하를 이룰 수 있을 정도의 상대.

그만큼 아마조네스 족장이라는 입장은 강했다.

"하지만 유즈리하, 화내면 안 돼. 난 이 나라의 미래를 위해 일부러 스즈하 오빠의 정보를 아마조네스족에게 흘려서 오거 대수해로 향하게 했으니까. 딱히 화풀이하려고 아마조네스족에게 정보를 흘린 게 아니야……."

그 성과는 아주 충분할 정도로 이상적이었다.

적어도 아마조네스 족장은 스즈하 오빠와 만난 건 토코의 정보 덕분이라고 깊게 감사하고 있겠지.

그 정보의 보수는 『대인의 지시가 없는 한 이웃나라나 아마조네스족은 이 나라를 일절 건드리지 않는다』라는 것.

만약 스즈하 오빠를 관찰하러 나간 아마조네스 족장이 헛걸음이라고 판단했다면 바로 이 나라를 공격할지도 모르는 위험한 도박이었지만, 토코의 견해로 볼 때 승산은 충분할 정도로 있었다.

그리고 당연하게도 토코는 내기에서 이겼다.

그러니 나라를 위해서 한 일임은 틀림없다고 토코는 결론 내렸다.

어쩌면 거기 다소의 사적인 감정이 끼어 있을지 모르지만 알 게 뭐야.

게다가.

"뭐, 만약 유즈리하랑 아마조네스들이 싸워서 수습이 되지 않는다면——내, 내가 관습을 깨서라도 신부가 된다 해도 어, 어쩔 수 없겠지……!"

나라를 지배할 여왕으로서 고작 남자 한 명 때문에 평지에 난을 일으키는 일은 절대로 있어선 안 된다.

하지만 만약 이미 피투성이의 분쟁이 일어나 어떻게 할 수 없게 된다면.

설령 관례를 깬다고 해도──그 분쟁의 원흉을 빼앗아서 사태를 수습시키는 것 또한 여왕의 일이니까.

7

우리가 오거의 대수해 요새에 온 지 2주가 흘렀다.

오기 전에는 어떻게 될지 걱정했던 아마조네스 군단이었지만 모두 굉장히 친절하고 상냥하고 예의 바른 여성들뿐이었다. 게다가 모두 귀엽고 스타일 발군에 비키니 아머를 착용해 눈 둘 곳을 찾기가 힘들다.

그렇게 내가 곤란해하고 있을 때마다 웬일인지 스즈하가 자주 다가와 기묘한 행동을 취하는 게 최근 고민이라면 고민이지만.

지금도 그렇다.

"후우──덥네요, 오빠. (파닥파닥)"

"……?"

"오빠 왜요? 그렇게 수상쩍은 표정을 짓고. (파닥파닥)"

"응, 좀……아니, 아무것도 아니야."

"이상한 오빠. 그건 그렇고 덥네요. (파닥파닥)"

참고로 (파닥파닥)이라는 건 스즈하가 가슴 부분을 파닥파닥 부채질하며 옷 안으로 바람을 넣는 소리였다.

스즈하는 이런 식의 조심성 없는 행위는 하지 않는 아이였는데, 이 요새에 온 이후로는 자주 하게 되었다.

그 외에도 치마를 펄럭펄럭거리거나.

나에게 '오빠. 살이 좀 찐 것 같아요……'라고 말하면서 가슴 부분이 완전히 빵빵해진 옷을 억지로 입고 나에게 보여주거나.

갑자기 '항상 오빠가 마사지를 해주기만 하니까 보답할게요'라면서 마사지하러 온 것까진 좋았는데 가슴을 꽉 눌러버리거나.

그 모든 것이 평소 행동을 가장하고 있지만 굉장히 부끄러운 듯 얼굴을 새빨갛게 물들이며 나의 모습을 힐끔힐끔 살피는 게 다 보였다.

스즈하의 의도를 모르는 나로서는 어떻게 반응해야 좋을지 굉장히 곤란했다.

하지만 왠지 이걸 본인에게 묻는 건 지뢰를 밟는 것 같아서 유즈리하 씨에게 몰래 이야기를 털어놓았다. 그 결과.

"……그대는 정말 여심이라는 걸 전혀 모르는구나……."

절레절레 어깨를 움츠리며 고개를 젓는 유즈리하 씨가 왠지 날 가엾은 아이 보듯 바라봤다.

"잘 들어, 이런 건 간단해. 즉——."

그렇게 나에게 알려주려던 그때 유즈리하 씨의 입이 멈췄다.

"……응? 잠깐만? 이건 찬스인가……?"

"유즈리하 씨?"

"……여기서 스즈하에게 은혜를 베풀어서 다시 한번 내 편으로 끌어들이면……막상 아마조네스들이 주제넘게 나섰을 때 스즈하라는 카드를 쓸 수 있는 건가……괜찮은데……?"

"저기, 유즈리하 씨……?"

"시끄러워. 지금 굉장히 중요한 생각 중이니까 조금만 조용히 하고 있어."

공작가 영애인 유즈리하 씨니까 분명 나와의 이야기 도중 갑자기 국가를 위한 백 년의 대계라도 떠올랐겠지.

응, 응, 신음하며 고민하던 유즈리하 씨는 머지않아 생각이 정리된 것인지 날 향해 상쾌한 미소를 지었다.

"잘 들어. 이번 일은 굉장히 단순해, 네가 원인이야."

"제가요?"

"그래. 훈련이나 마사지로 아마조네스랑 엮이는 시간이 늘어난 반면에 스즈하랑 그리고 물론 나까지 포함해서 우리와의 시간이 줄어들었잖아?"

"그건 확실히 그렇죠."

"분명 스즈하는 오라버니를 아마조네스에게 빼앗겨서 외로웠을 거야. 그러니까 시선을 끌려고 적극적인 스킨십을 도모한 거겠지."

"과연. 그런 건가요."

"그러니까 앞으로는 아마조네스들과의 교류는 최소한으

로 하고 나랑 스즈하와의 훈련이나 마사지를 최우선으로 하는 게 좋겠지. 응, 꼭 그렇게 해야 해."

"하지만 이웃나라의 공동 작전군인 아마조네스족을 매몰차게 대하는 건 곤란하지 않을까요?!"

나의 의문에 유즈리하 씨는 복잡한 표정으로 고개를 갸웃거리며,

"······그건 그러네. 그대가 갑자기 태도를 바꾸면 아마조네스들은 분명 뒤에 내가 있을 거라고 의심할 거야. 하지만 그대에게 적당히 조절해 배짱을 부리라고 해봤자 무리일 테니까······."

"죄, 죄송합니다."

"괜찮아. 그럼 어쩔 수 없지, 날을 잡아서 하루 종일 스즈하랑 데이트라도 해."

"데이트요? 우린 남맨데요?"

"어렵게 생각할 필요 없어. 그날 하루는 아마조네스와의 교류는 끊고 스즈하에게 봉사하면 돼. 스즈하의 훈련을 온종일 맨투맨으로 함께 하고 훈련 시작과 끝에는 풀코스 마사지를 선사하고 식사는 직접 만든 요리를 대접하고 자기 전에는 스즈하랑 단둘이 충분히 이야기를 나누면 되는 거지."

"그런 걸로 될까요? 그런 거라면 간단한데······."

"그거면 돼. 아아, 그리고 스즈하의 데이트가 끝난 후 나에게도 똑같이 해줘야 하니까 잘 부탁해."

"네?"

"어디가 어떻게 스즈하에게 효과적이었는지 실제로 체험하고 확인해야 하니까. ——거, 결코 나도 그대랑 단둘이 밀착 트레이닝을 하고 마사지를 풀코스로 맛보면서 직접 만든 요리를 즐기면서 힐링하고 싶은 게 아니니까 그런 점은 착각하지 말아줘."

"그건 물론이죠."

그로부터 며칠 후, 유즈리하 씨한테 배운 대로 스즈하를 초대해 온종일 계속 붙어서 맨투맨으로 특훈시켰다.

시작과 끝에는 스페셜 풀코스 미사지도 해줬고, 저녁은 엄청 분발해서 스즈하가 진짜 좋아하는 된장 돈가스와 새우튀김과 장어덮밥을 준비하자 스즈하는 기쁨의 눈물을 흘리면서 굉장한 기세로 다 먹어치웠다.

유즈리하 씨 말대로 하길 잘했어.

공작가 아가씨 정도 되면 확실히 두뇌 수준이 다른 것 같다고 감탄을 금치 못했다.

8 (유즈리하 시점)

스즈하와 오라버니가 데이트한 다음 날 밤.

오빠에겐 비밀로 하고 유즈리하를 찾은 스즈하가 방 입구에서 허리를 직각으로 구부리고 감사의 의사를 표했다.

"유즈리하 씨! 이번에는 정말, 정말——감사했습니다!"

"그건 됐으니까 방으로 들어와. 아마조네스들에게 들키

면 귀찮아져."

"그럼 실례하겠습니다."

스즈하를 방으로 불러들이면서 유즈리하는 내심 놀라움을 금할 길이 없었다.

아직 스즈하에게는 내막을 밝히지 않았으니까.

문을 닫고 아마조네스나 그 외의 듣는 귀가 없는 걸 다시 확인한 후 유즈리하가 물었다.

"그럼 무엇에 대한 인사야? ……이렇게 시치미 떼 봤자 소용없겠지만."

"물론이죠. 어제 오빠와의 데이트, 유즈리하 씨가 사주하셨죠?"

"스즈하네 오라버니에겐 내 이름을 대지 말고 어떻게든 직접 생각한 것처럼 행동하라고 했는데. 무심결에 다 말해 버린 거야?"

"아뇨, 하지만 오빠가 직접 생각해냈을 리도 없고 그럼 답은 하나밖에 없으니까요."

"그럼 물을게. 내가 스즈하랑 스즈하네 오라버니를 데이트시켜서 얻을 메리트는?"

"제게 빚을 지게 만들어서 아마조네스족과의 흥정에 쓸 카드를 늘리려는 것……아닐까요?"

혀를 내둘렀다.

거기까지 간파당했다면 계속 배짱을 부릴 필요가 없다.

"뭐, 맞아. 아마조네스들이 스즈하네 오라버니에게 딱 붙어 있으니까."

"맞아요! 대체 무슨 생각일까요, 오빠를 대인이라고 친밀하게 부르고! 오빠를 다정하게 불러도 되는 건 이 세상에서 오빠의 여동생인 나뿐인데!"

"솔직히 나도 예상외랄까, 곤혹스럽달까⋯⋯아마조네스들이 스즈하네 오라버니를 받아들인 건 둘째 치고 그렇게까지 친밀하게 대할 줄은 몰랐어."

아마조네스에 대한 유즈리하의 지식은 평균적인 상급 귀족과 큰 차이가 없었다.

즉 유즈리하는 아마조네스들이 스즈하 오빠를 대인이라고 부르는 이유를 몰랐다.

아마조네스의 총대장을 쓰러뜨린 상대를 향한 존칭이라고 추측하는 정도.

설마 그게 아마조네스 일족 전원을 절대복종시킬 남성에게만 붙일 수 있는 존칭이라는 사실은 역시 상상 밖의 일이었다.

"⋯⋯아마조네스족은 오빠를 받아들이고 싶은 걸까요?"

"단언은 못 해. 하지만 그 태도를 보면 그렇게 생각하는 게 보통이겠지. 게다가 스즈하네 오라버니를 조사하면 할수록 반드시 손에 넣고 싶어지는 건 당연한 일일 테니까."

"오빠는 본인을 단순한 평민이라고 생각하고 있는데요."

"스즈하네 오라버니는 나름대로 똑똑한데 그 한 부분에서만은 아주 어리석으니까⋯⋯뭐, 자각하게 만드는 것도 귀찮아서 내버려 두고 있지만."

"맞아요. 완전 동감해요."

"응? 스즈하는 자기 오빠가 실력을 자각해도 상관없잖아?"

"그렇지도 않아요. 어딘가의 공주님이랑 결혼하겠다고 하면 곤란하니까요."

"과연."

유즈리하와 스즈하가 서로 쓴웃음을 지었다.

평온한 현 상태 유지를 바란다는 점에서 두 사람의 이해는 일치하고 있다는 걸 확인할 수 있었다.

"그럼 나부터 스즈하에게 제안할게."

"모처럼이지만 거절하겠습니다."

"……아직 아무 말도 안 했는데?"

"안 들어도 알아요. 유즈리하 씨한테 붙으라는 거잖아요?"

"맞아. 이해가 빨라서 좋네."

"하지만 아마조네스족이 상상 이상으로 오빠에게 호의적인 현재, 유즈리하 씨로 미리 정해둘 필요는 없으니까요."

"……."

"우리는 평민이고 장래에 다른 나라에서 산다는 선택지도 있을 수 있으니까요. 유즈리하 씨는 좋게 생각하지만 오빠에게 가장 좋은 미래가 뭘지 아마조네스족과 유즈리하 씨를 저울질해볼 필요도 있지 않을까요?"

"이런, 이런. 정말 오빠 사랑이 대단해."

"오빠는 가끔 너무 착하니까요. 제가 정신 차리고 도와

줄 수밖에 없죠."

스즈하의 단호한 거절에 유즈리하는 불쾌함을 느끼지 않았다.

오히려 딱 부러지게 거절하는 모습에 스즈하의 진정성과 성실함을 느꼈다.

우리나라의 썩어빠진 귀족들이었다면 겉으로는 유즈리하의 비위를 맞추며 아첨을 하면서 뒤로는 아마조네스족과도 거래하기 위해 접촉했겠지. 그리고 장래, 열세에 몰린 진영은 버리고 약속 따위 처음부터 없었던 것처럼 버렸을 것이다.

애초에 스즈하는 상황을 내려다보는 머리가 있으니 자신의 제안에 솔직하게 넘어올 거라는 기대는 하지 않았던 유즈리하였다.

하지만 유즈리하에게는 한 가지 계책이 있었다.

"스즈하가 하고 싶은 말은 이해했어. 하지만 한 가지 잊은 게 있는 것 같은데."

"……그건?"

"그 아마조네스의 총대장이 쌍둥이라는 사실이야."

"그게 왜요?"

"아직도 모르겠어? ……만약 장래에 그 쌍둥이를 스즈하 오빠가 아내로 맞아들일 경우, 혹은 그렇게까지 가지 않아도 연인이 될 경우에."

"마, 만약 그런 일이 있어도 전 오빠의 유일한 여동생이니까 그 입장은 완전히 보증되잖아요——."

"목소리가 떨리고 있네. 뭐, 그래도 스즈하네 오라버니가 아내나 연인보다 여동생을 우선할 것 같진 않아. 만약 그들과 여동생이 평등하다고 해도——스즈하네 오라버니에게 스즈하의 입장은 지금의 3분의 1이 되겠지."

"두——둥?!"

스즈하가 굉장히 충격을 받은 모습으로 가만히 서 있었다.

유즈리하는 '아니, 그런 건 한 번도 생각한 적 없었어?'라는 태클을 어떻게든 삼키고 말을 이었다.

"하지만 만약 나라면 입장은 반——아마조네스 때랑 비교해 1.5배야."

"어, 어어어, 어떻게 그런 일이?!"

"단순하게, 난 한 명이지만 아마조네스들의 총대장은 쌍둥이니까. 즉, 나에게 붙으면 만에 하나 무슨 일이 생겨도 스즈하의 입장은 반이——."

"유즈리하 씨 편이 되겠습니다."

스즈하가 단호하게 잘라 말했다.

배신 따위 생각할 수 없는 굉장히 맑은 눈빛이었다.

"그, 그래……그럼 앞으로 잘 부탁해."

"네, 유즈리하 씨. 앞으로 저희는 동지예요."

단단히 악수를 하면서 유즈리하는 생각했다.

스즈하는 똑똑한 것 같지만 가끔 묘한 부분에서 얼이 빠져 있었다.

이것 또한 오빠한테 물려받은 것 아닐까——.

9

모처럼 왔으니 오거의 대수해에 살짝 들어가 보고 싶다
고 반쯤 농담으로 말을 꺼냈다.

분명 흥미는 있지만 뭐가 있을지 모르는 마물의 숲에 들
어가는 건 반대할 게 분명하니까.

그렇게 생각했는데.

유즈리하 씨랑 스즈하는 간단히 동의한 데다 같이 가겠
다고 했다.

"스즈하네 오라버니라면 문제없겠지——아아, 만에 하
나 오거들에게 둘러싸이면 위험하니까 내가 동행해서 그
대의 등 뒤를 지켜줄게."

"오빠랑 유즈리하 씨 둘이선 위험해요. 저도 같이 가서
감시할게요……물론 오거를."

그리고 아마조네스 총군단장 두 사람도.

"대인과 함께 오거의 대수해에 들어가겠어……피가 끓
고 가슴이 뛰는 싸움……!"

"이 싸움에 참가하는 아마조네스는 일족들에게 최대의
격찬과 질투를 혼자 뒤집어쓸 게 분명해……!"

"하지만 대수해에 아마조네스가 모두 다 들어가면 금방
눈치챌 거야. 따라서 오거한테 들키지 않으려면 기껏해야

5명이 한계……!"

"즉 아마조네스족 중에서 참가할 수 있는 건 우리 쌍둥이뿐……!"

뭐가 뭔지 모르는 사이에 양쪽 다 따라오게 되었다.

이러니저러니 해서 나랑 스즈하, 유즈리하 씨, 그리고 아마조네스의 총군단장 둘까지 함께 오거의 대수해를 정찰하러 향했다.

이건 결코 놀이가 아니다.

설령 숲속을 보고 싶었다는 내 말이 동기가 됐다고 해도, 스즈하가 희희낙락하게 피크닉용 런치박스를 준비하려고 해도, 유즈리하 씨가 귀족용 고급 찻잎을 갖고 와도 어디까지 이건 정찰이었다.

*

오거의 대수해 내부는 어두웠다.

그건 단순한 어둠과는 달랐다. 어둑어둑하달까 어딘가 기분 나쁘달까. 오싹하고 정말이지 마물의 숲이라는 듯한 어둠. 공기 그 자체가 달랐다.

분명 다른 모두도 그리 생각하고 있는 게 틀림없었다──.

"오빠, 수해 안은 쌀쌀해서 기분 좋네요."

"오거의 기척도 전혀 느껴지지 않아. 나뭇잎 사이로 비치는 햇빛도 아름답고 왠지 환상적이야."

──그렇지도 않은 모양이었다.

아마조네스 두 사람은 이상하다는 듯 고개를 갸웃거리며 걸었다.

이쪽은 다소 위화감을 느끼고 있는 것 같았다.

그대로 잠시 걸었지만 오거도 다른 마물도 전혀 튀어나오지 않았다.

"으──음, 어쩌지……?"

"벌써 점심 먹으려고요, 오빠? 전 조금 더 나중에 먹어도 될 것 같은데."

"아니, 그게 아니라."

대수해로 들어오면서 피부에 엉겨 붙는 기분 나쁜 분위기는 옅어지기는커녕 점점 진해져 가는 것 같았다.

그런데도 오거와 맞닥뜨리지 않았다. 이건 이상했다.

안전제일을 생각한다면 여기선 일단 물러나야 할 것 같은데…….

"스즈하네 오라버니는 왠지 불안해 보이네. 오거는 처음이야? 하지만 안심해도 돼, 너의 등 뒤는 내가 맡고 있으니까!"

"대인, 우리 쌍둥이도 옆에 있어."

"대인과 우리라면 오거 따위 겁낼 필요 없을걸."

"……저기 그럼 좀 더 안으로 들어가 볼까요……?"

『으음.』

공작가 영애와 아마조네스 총군단장 두 사람은 물러나

는 것 따위 생각도 안 한 듯했다.

그렇다면 나의 안 좋은 예감 따위 관계없었다.

어쨌든 세 사람 모두 나 같은 것보다 훨씬 실전경험이 풍부한 군인들이었으니까.

우리는 대수해 안으로 들어갔다.

그렇게 걷고 있는 사이 난 오거의 기본적인 지식을 유즈리하 씨와 나머지 일행들에게 배우기도 했다.

사실 난 오거는 본 적 없었다.

그렇게 지식이 풍부한 모두에게 여러 가지를 배울 수 있는 건 기쁘긴 한데.

"하지만 대인 정도의 분이 오거를 쓰러뜨린 적이 없다는 건 의외네요."

"그, 그래요……? 하하하……."

설마 「난 그냥 일반인이라 오거와 싸운 적이 없는 게 당연」이라고 말하면 그럼 왜 여기 있냐는 이야기까지 나올 것 같아서 웃으며 얼버무렸다.

유즈리하 씨도 아마조네스 두 사람도 과거에 수도 없이 오거 사냥을 하거나 오거 마을을 파괴한 듯했다. 믿음직스러워.

"——그대라면 평범한 오거 따위는 두려워할 필요 없어. 하지만 방심하지 마, 오거 중에는 매우 드물게 희소종이라는 게 있어. 예를 들어 오거 어쌔신이나 오거 제너럴. 그런 점은 고블린과 똑같지."

"강한가요?"

"그야 뭐, 평범한 오거보단 훨씬 강해. 게다가 오거 제너 럴이나 오거 킹은 다른 오거를 군대처럼 통솔하니까 더더 욱 성가시지."

"과연. 유즈리하 씨도 오거 희소종을 만난 적이 있나요?"

"아니, 난 없어. 아마조네스 두 사람은 어때?"

"……딱 한 번. 힘든 격투였지."

"동의. 그때 우리가 대립한 오거들은 오거 샤먼이 이끌 고 있었어. 그 녀석은 오거 주제에 환각 마법을 쓰고 교모 하게 우리를 포섭해서 분단을 계획했었어. 하지만 우리 아 마조네스는 결코 굴하지 않고──."

"──스톱. 잠깐만요."

""오라버니?""

깜짝 놀랐다.

왜 지금까지 몰랐을까.

모두가 이상하다는 듯한 얼굴로 바라봤지만 난 그럴 정 신이 없었다.

"지금까지 전혀 몰랐어. ──난 오거는 마법을 쓰지 않 을 거라고 계속 믿고 있었으니까."

"왜 그래, 너, 오거 샤먼이 신경 쓰여? 하지만 그건 희귀 종 중의 희귀종이야."

"하지만 없는 건 아니죠. 그럼 제가 계속 느끼고 있었던 위화감도 납득이 가요."

"오빠……?"

"즉, 이런 거죠——!"

난 아무것도 없는 밀림 풍경을 향해 나의 마력을 내던졌다.

챙그랑, 유리 깨지는 듯한 소리가 들리고 풍경에 무수히 많은 금이 갔다.

그 뒤에 나타난 진짜 광경.

엄청난 숫자의 오거들이 우리를 몇 겹이나 에워싸고 있었다.

10 (유즈리하 시점)

베고 베어도 유즈리하 앞으로 오거가 차례차례 솟아났다.

아무리 하이클래스 변이종이라 해도 오거 따위에게 뒤질 유즈리하는 아니다. 하지만 근육으로 꽉 찬 오거의 거대한 몸뚱이를 몇 번이나 계속 베면 당연하게도 검 끝이 무거워진다.

유즈리하는 검을 휘두르며 자신은 어쩔 수 없는 바보 멍청이라고 자조했다.

자신들 세 사람이 오거의 대수해행을 명령받은 그때 유즈리하는 격노했지만 동시에 내심 속으로 '어떻게든 되겠지'라고 생각했다.

대수해에서 불거져 나온 오거는 이전과 비교하면 산발

적이었고 이미 최근 몇 년 동안은 맥이 빠질 만큼 적어졌다는 사실을 알고 있었기 때문이다.

오거가 옛날과 비교해 얌전해졌거나, 혹은 종으로서 약체기를 맞이한 것일지도 모른다고——본인도 아마 이웃나라도 어리석게도 그런 생각을 하고 있었을 것이다.

그 실태는 완전 반대.

충분히 단련된 변이종 오거들이 호시탐탐 힘을 비축하며 적의를 드러낼 타이밍을 가만히 계산하고 있었으니까——!

안 그래도 오거는 단 한 마리만으로 작은 마을을 멸망시킬 정도의 위험도 높은 몬스터였다.

거기에 이 대수해에 있는 오거들은 틀림없이 훈련에 훈련을 거듭해 유기적이고 조직적인 전투를 몸에 익혀왔겠지.

오거 제너럴은커녕 오거 킹이란 말조차 미적지근하다.

아마 오거 킹이 거듭 갑자기 변이한——왕 중의 왕에 의해 오랫동안 단련해온 것이리라.

"유즈리하 씨, 호흡이 흐트러졌어요! 진정하세요!"

"으읏, 미안!"

"지금은 참아야 합니다! 참다 보면 반드시 활로가 보일 겁니다!"

"그래, 물론——!"

스즈하의 오빠는 등 뒤에 눈이라도 붙어 있는 건 아닐까, 한순간 진지한 얼굴로 생각하던 유즈리하는 바로 쓴웃음을 지었다. 그럴 리가 없지.

현재 스즈하 오빠와 유즈리하 일행은 등을 맞대고 모든 방향에서 습격해 오는 오거들과 대립하고 있었다.

그 몫은 스즈하 오빠가 혼자 180도.

나머지 절반인 180도를 스즈하와 유즈리하, 아마조네스 둘까지 넷이서 분담하고 있었다.

(이게 나랑 스즈하네 오라버니의 실력차――!)

한쪽이 혼자, 나머지 한쪽이 4명.

그러니까 실력차이는 4배, 그런 건 당연히 아니었다.

생각할 것까지도 없이 인원차를 만회하려면 그 몇 배의 실력이 필요했다.

(우리랑 스즈하네 오라버니의 실력 차이는 최소한으로도 10배, 아니, 그 이상인가. 스즈하 오빠가 파트너라고 들떠서는, 난 정말 창피하고 한심한 여자야. 그런데――.)

유즈리하가 무의식중에 입 끝을 일그러뜨렸다.

(――그런데 왜 난 이렇게 마음이 설레는 걸까!)

자신이 파트너라고 결정한 남자를 오거의 덫에 걸리게 만들어버린 것이 죽을 만큼 꼴사나웠다.

자기 파트너의 실력에 훨씬 못 미치는 게 죽을 만큼 분해서.

자신이 지켜야 할 파트너의 뒤를 4분의 1밖에 지킬 수 없는 게 죽을 만큼 한심해서.

하지만.

그래도.

자신과 파트너가 등을 맞대고 사투를 벌이고 있다는 게
──죽을 만큼 기뻐서.

(오거의 수는 끝이 없어⋯⋯! 분명 난 여기서 나의 파트너와 등을 맞대고 죽겠지⋯⋯!)

그것도 나쁘지 않다고 유즈리하는 생각했다.

아니, 나쁘지 않기는커녕 적어도 자신의 죽음으로서는 이 이상 생각할 수 없을 정도로 최고가 아닐까 하는 생각마저 들었다.

휘말리게 된 파트너에게는 미안하지만 천국에서 미래영겁, 전속 절대복종 노예 메이드로서 봉사하는 걸로 용서를 받자──.

"유즈리하 씨."

스즈하 오빠의 예리한 목소리에 정신을 차렸다.

"제가 신호를 보내면 앞뒤를 교체해서 2분⋯⋯아니, 1분만 버텨주세요."

"어쩔 생각이야?"

"오거 킹의 목을 칠 겁니다."

그런 일이 가능할까?

"진두지휘하고 있는 오거 킹이 몸이 달아 안전한 곳에서 점점 이쪽으로 다가오고 있어요. 능숙하게 정체를 숨기고 있지만 지시를 내리는 장소와 마력의 질은 숨길 수 없죠."

그렇게 말해도 유즈리하는 전혀 알 수가 없었다.

스즈하나 아마조네스 두 사람도 똑같은 듯했다.

"오거 킹만 쓰러뜨리면 지휘는 단숨에 붕괴, 나머지는 단순한 오거 변이종의 모임이에요. 하지만 녀석은 겁쟁이니까 노릴 수 있는 기회는 아마 1번뿐. 그걸 놓치고 안쪽에 틀어박혀 장기전이 되면 우리에게 승산은 없을 겁니다."

"응."

"그러니까 유즈리하 씨, 부탁드릴 수 있을까요?"

"그래. 죽어도 2분은 버틸게."

"아뇨, 1분이면 어떻게든——."

스즈하의 오빠가 반박하기도 전에 다시 말했다.

"그대는 처음에 나에게 2분을 버티라고 했어. 즉 나라면 그게 가능할 거라고 신뢰한 거잖아. 그렇다면 난 어떤 짓을 해서라도 너의 신뢰에 보답하겠어."

"……죄송합니다, 덕분에 살았어요."

"사과를 왜 해? 파트너니까 당연한 거지."

——뒤에 다시 생각해보니.

그때야말로 그녀가 처음으로 직접 스즈하 오빠를 향해「파트너」라고 부른 순간이었다.

하지만 물론 그런 걸 신경 쓸 여유가 있을 리 없었고.

"그럼 유즈리하 씨. 맡길게요."

"그래, 맡겨줘."

짧은 대화.

그리고 그 시간은 의외로 빨리 찾아왔다.

"3, 2, 1……지금이에요!"

"하아앗!!"

유즈리하가 혼신의 기합과 함께 서 있던 위치를 교체하자 스즈하 오빠의 몸은 오거에게로 튕기듯 등 뒤를 향해 날아갔다.

물론 그게 시늉이라는 것은 틀림없었다.

그리고 그런 사실을 신경 쓸 여유는 한순간도 없었다.

(이런 오거의 압력을——나의 파트너는 계속 받고 있었던 거야?!)

단순계산으로 해도 적의 공격이 4배가 된다.

좌우에서 끊임없이 투입되는, 그것도 콤비네이션에 따른 공격. 유즈리하는 그걸 필사적으로 피하기 시작했다.

이제 끝이라고 생각한 63초 후.

죽음을 각오한 유즈리하에 대한 공격이 실이 끊어지듯 느슨해졌다.

오거 킹이 쓰러졌다는 건 명백했다.

(정말 너라는 녀석은……이만큼 거리가 떨어져 있는데 또다시 아슬아슬하게 내 목숨을 구한 것인가…….)

파트너가 내 목숨을 너무 많이 구하는 거 아닌가——?

그렇게 혼잣말하는 유즈리하였다.

11

3일 밤낮을 계속 싸웠다. 한숨도 자지 못했다.

대수해에 있는 모든 오거가 우리에게 달려드는 듯했다.

그건 쓰러진 오거 킹의 마지막 명령이었을지도 모른다.

아무리 지휘 통제를 잃었다 해도 변이종 오거.

게다가 오거 킹 곁에서 도무지 마물이라고는 생각할 수 없는 훈련을 거듭해온 막강한 오거들이었다. 한 마리 한 마리를 쓰러뜨리는 건 가능해도 모아서 상대하는 건 당연히 힘들었다.

덧붙여 말하자면 우리는 고작 몇 마리 정도의 오거를 상대하는 것밖에 예상 안 했기에 평소 쓰던 장비 한 벌밖에 갖고 오지 않았던 것도 뼈아팠다.

"……난……살아 있는 거야……?"

마지막 한 마리의 오거를 베어버린 후, 쓰러져 그대로 실이 끊기듯 기절한 유즈리하 씨가 눈을 떴을 때 뱉은 첫 마디가 그것이었다.

본인을 끌어안고 있는 내 모습을 인지한 후 유즈리하 씨는 몇 번이나 눈을 깜빡거렸다.

"아니, 아니야. 그대의 늠름한 품속에서 다정하게 안겨 있다는 건——그래, 여기가 천국인가. 혹은 죽기 직전의 주마등인가."

"현실입니다. 저기, 죄송합니다. 치료 때문에 마력을 흘려보내려고 유즈리하 씨의 옷을 벗기고 끌어안고 있었어요."

"아니, 안 속여도 돼. 지금까지 계속 고독했던 내가 마지막으로 파트너 품속에서 잠드는——이런 꿈처럼 행복한 죽음을 주마등이라고 해도 이뤄줬으니까."

"그러니까 현실이라니까요."

"괜찮아, 그런 위로는 필요 없어. 진심이야. 하지만 굳이 덧붙일 게 있다면——."

"으, 으읍?!"

"후홋, 이걸로 됐어. ——난 파트너의 얼굴을 한 번이라도 좋으니까 내 가슴골로 힘껏 끌어안고 싶었거든. 그렇게 그대에게 옆에 있는 내가 실은 멋지고 성숙한 여자이며 파트너인 너랑 아이를 만들고 싶어서 참을 수 없다는 걸 알리고 싶었지."

"저기, 그게, 유즈리하 씨……?"

"결혼식은 신 앞에서, 아이가 생기면 부부가 함께 검을 가르치자. 신혼집 정원에는 결혼기념일에 심은 벚꽃이 가득하고 언젠가 할아버지랑 할머니가 되어도 둘이 툇마루에 앉아 매년 벚꽃을 바라보는 거야. 그리고, 그리고——쿠울."

거기까지 말한 후 유즈리하 씨는 다시 잠에 빠졌다.

어쨌든 한숨도 못 자고 사흘 동안 싸웠으니까.

나의 아마추어 치료마법도 그럭저럭 효과가 있는 모양이니 푹 자면 회복도 더 빨리 되겠지.

"……그건 그렇고 유즈리하 씨, 엄청 텐션이 높았던 것 같은데……?"

3일 밤낮이나 전투로 계속 흥분했던 영향인지 아니면 나의 아마추어 치료 마법이 미숙했던 탓인지.

유즈리하 씨는 날 파트너라고 부른 것뿐만 아니라, 아주 풍만한 가슴으로 끌어안고 꿈꾸듯이 사랑을 속삭여 버렸다.

어쩌면 스즈하에게 그 옛날에 들은 흔들다리 효과라는 것일지도 모른다.

듣자 하니 자신이 죽을 뻔했을 때 근처에 있는 이성이 매력적으로 보인다던데.

"……눈을 뜨면 잊어버리겠지……?"

의식이 몽롱하다고는 해도 그저 평범한 평민인 나에게 공작가의 직계 장녀이자 나라의 영웅인 유즈리하 씨가 사랑스러운 말을 내뱉고 말다니.

만약 눈을 떴을 때 기억이 난다면 격렬한 후회에 괴로워할 게 뻔했다. 입막음을 위해 살해될지도 모른다.

"뭐, 유즈리하 씨니까 그런 일은 없겠지만……내가 모르는 척 안 하면 곤란하겠지……?"

뭐, 됐어, 라고 마음을 바꿨다.

"그런 것보다 스즈하랑 아마조네스 두 사람도 치료해야 겠어……. 금방은 죽지 않겠지만 이대로면 요새로 돌아갈 때까지 못 살지도 모르니까……."

그 이후 스즈하 일행에게도 유즈리하 씨랑 똑같은 망상인지 환각이 덮친 듯했다.

난 자신의 여동생과 남자를 싫어하는 아마조네스의 풍만한 가슴골에 머리 부분이 끼여 짓눌린 채 사랑의 말을 듣는 이 세상에서도 아주 드문 체험을 했다.

참고로.

정신을 차린 유즈리하 씨는 아무래도 정확하게 기억이 남아 있는 듯 날 보면 얼굴을 붉히거나 창백해지곤 했다.

내가 아무것도 모르고 못 들었다는 태도를 관철한 건 굳이 말할 것까지도 없었다.

12 (토코 시점)

어느 깊은 밤, 녹초가 된 토코가 사쿠라기 공작가 서재를 방문하자 그곳에는 똑같이 녹초가 된 얼굴의 당주가 보였다.

"나 왔어……아, 그쪽도 어지간한 것 같네?"

"뭐, 그렇지."

고작 며칠 전 아주 충격적인 뉴스가 대륙을 흔들었다.

오거의 대수해에서 발견된, 지극히 우수하고 강하며 조직화된 마물군의 존재.

환각 마법으로 위장된 대수해 안에서 나라까지도 멸망시킬 마물 대군단이 조직되어 인간사회를 침략할 기회를 노리고 있었다는 것.

그리고 그 마물군을──고작 5명의 정예가 철저히 분쇄

했다는 것.

"우리 공작가에서도 슬쩍 속을 떠봤지만 군의 최고 간부들도 야단법석인 것 같더군. 그 바보들, 어떻게든 마물군 섬멸을 자신의 공으로 만들려고 뒤에서 수를 쓰고 있는 듯해."

"뭐어?! 그게 뭐야!"

"아무래도 본인들은 마물군의 존재를 처음부터 눈치채고 있었기 때문에 일부러 유즈리하 일행을 파견했다——라는 스토리를 만든 것 같더군."

"아니, 아니, 그건 말이 안 되잖아?! 만약 오거의 대수해에 그렇게 엄청 위험한 마물군이 조직됐다는 걸 알면서 국왕에게도 이웃나라에도 입 다물고 있었다는 게 알려지면 그야말로 일족 모두를 죽일 레벨의 최고의 반역이거든!!"

"정말로."

"게다가 그러면 파견한 바보들은 스즈하 오빠 일행을 엄청 높게 평가했다는 말이 되잖아! 그게 결과적으로는 사실이라고 해도!"

"맞네. 물론 녀석들은 이 마당에도 유즈리하나 그 남자의 능력을 인정할 생각 따위 없는 것 같지만."

"그야 뭐, 유즈리하는 당연하다고 해도 스즈하도 스즈하 오빠도 전부 사쿠라기 공작가가 침을 발라놨으니까! 실력을 인정하면 공작가의 권세가 정말 압도적으로 변한다고 생각하는 거 아니겠어?"

"어리석은 일이군."

"그러게——. 본인들이 인정하든 안 하든 사실은 바뀌지 않는데!"

정말 군의 바보 녀석들도 참, 이라며 토코가 잔뜩 골을 냈다.

우수한 군인이 최전선에서 전사하거나 정치 싸움에서 패배해 탈락한 결과 현재 군 최고 간부들은 위에는 아첨하고 부하들에겐 공갈하는 데만 뛰어난, 이른바 쓰레기 간부 모임이 되고 말았다.

그래도 유즈리하를 필두로 한 최전선 부대가 너무 우수해 전장에서는 승리에 승리를 거듭하고 그 때문에 또 사령부의 부패가 심해지는 악순환.

유즈리하 왈, 일부러 지겠다고 생각한 적도 한두 번은 아닌 듯했다.

하지만 본인이 대충 하면 할수록 주변에 있는 병사들 중 죽는 인원이 늘어나는 상황이니 아무래도 그럴 수 없었다고.

"그래서 왕족의 움직임은 어떤가?"

"이쪽도 비슷하달까. 제1왕자도 제2왕자도 주도권을 쥘 비장의 카드로서 어떻게든 마물군 섬멸을 본인들의 공으로 돌릴 수 없을지 기를 쓰고 있어."

"어리석은 사람들. 비장의 카드를 얻고 싶다면 그 남자를 손에 넣는 게 가장 쉬울 텐데."

"그런 것조차 모르니까 수준 낮은 분쟁을 계속하는 거겠지? 어차피 스즈하 오빠에게 손을 내밀려고 하면 나도 진심으로 부숴버리겠지만!"

"당연한 것 아닌가."

"하지만 그 바보 같은 오빠들도 요 며칠에 걸쳐 드디어 공을 가로채는 건 불가능하다는 걸 알아차린 것 같아."

"억지로 공을 날조하려 하지 않았던 것만은 다행이라 할 수 있는 것인가."

"아니, 처음에는 날조하려고 했어. 하지만 이웃나라에서 정식 성명이 나왔잖아, 그걸 뒤집는 짓은 역시 너무 위험하다고 단념한 것 같아."

그래, 이웃나라의 대응은 재빨랐다.

사실 확인 후 바로 성명을 냈다고밖에 생각할 수 없을 정도로 재빨리 전 세계를 향해 이번 사건에 대한 세부 내용까지 공표한 것이다.

그것도 전면적으로 이쪽 나라를 추켜세우는 형태로.

대부분의 바보 귀족들은 그 겉면만을 받아들였지만 머리 회전이 빠른 소수파는 설령 그게 사실이라 해도 왜 자국의 공적이나 군사력을 어필할 절호의 기회를 버린 것인지 수상쩍게 여기고 있었다.

토코는 그 이유를 알고 있었다.

그 나라는 딱히 자신들을 어필할 기회를 버릴 생각 따위 털끝만큼도 없다.

아마조네스족의 정점에 선 대인이 우연히 이쪽 나라 소속이었던 관계로 대인인 스즈하 오빠를 격찬한 결과, 이쪽 나라를 추켜세우는 형태로 보인 것뿐이다.

토코가 휴우 한숨을 내쉬었다.

"뭐, 어쨌든. 유즈리하나 스즈하 오빠 일행이 무사해서 정말 다행이야. 이번 일은 스즈하 오빠를 당대 귀족으로 만들 공적으로서도 충분하고, 처음 들었을 때는 깜짝 놀라 죽는 줄 알았지만 결과적으로는 잘된 일이야——."

"그건 어떨는지."

"……왜? 아무리 그래도 이번 일에선 바보 귀족들도 우리 바보 오빠들도 스즈하 오빠의 공적을 무시할 수 없잖아? 아니, 만약 그렇게 했다간 미친 듯이 화가 난 유즈리하에게 갈기갈기 찢기거나, 진짜 화가 난 아마조네스가 영지로 쳐들어 와서 전멸할 수도 있는데——."

"그게 말이지. 우리 집안 첩보부에 의하면 군의 일부는 이번 일에 대해 다른 이용방법을 생각한 듯하네."

"뭐……?"

"애매한 상황에서 이번 공적을 억지로 본인에게 돌리려면 대체 어떻게 해야 할까. 답은 보다 큰 공적의 일부라고 오인시키는 것이네. 비열하지만 유효한 수법이야. 그리고 안타깝게도 녀석들은 거기에 필요한 구실을 이번 마물군 섬멸로 인해 손에 넣었어."

"자, 잠깐만, 농담이지?! 대체 뭘 하려는 건데?!"

공작가 당주가 농담 따위 1밀리도 들어가지 않은 얼굴로 대답했다.

"침략 전쟁이다."

5장 침략 전쟁과 심상치 않은 일상, 그리고

1

내가 알기론 나라로 돌아가는 도중의 유즈리하 씨는 굉장히 기분 좋았다.

오해를 겁내지 않고 말하자면 왜인지는 모르지만 엄청 신이 나 있었다.

나에게 말을 걸 때도 뭐, 좋은 이야기뿐.

"그대도 이걸로 경사스럽게도 귀족의 일원이 되겠어!"

"아니, 아니, 아니. 오거 퇴치 정도로 귀족이 될 수 있는 건 아니잖아요?"

"후훗. 그렇게 말할 수 있는 것도 지금뿐이야!"

라든지.

"그대가 당대 귀족이 된다면 후견은 당연히 우리 공작가에서 하게 되겠지. 앞으로 혼담이 산더미처럼 밀려오겠지만 네 몫에 대해선 반드시 전부 거절해. 스즈하 몫도 기본적으로는 거절하고. 알겠어?"

"아, 저기⋯⋯?"

"너희들의 혼담은 우리 공작가가 장래에 최고의 결혼 상대를 준비하겠다고 약속할게. 저, 저기⋯⋯어쩌면 나처럼 거친 여자가 할당될지도 모르지만 그때는 그냥 포기해 줘⋯⋯!"

라든지.

"이번 개선 파티 의상은 어떤 게 좋을까? 물론 우리 공작가가 후견하고 있다는 사실을 강조하기 위해 그대의 옷과 내 드레스는 디자인을 통일하는 게 전제조건이 되겠지만."

"잠깐만요. 전 평민이니까 파티 따위 지난번 한 번만으로 충분해요. 게다가 만에 하나 참석하게 된다고 해도 의상은 얼마 전 파티용으로 만들어주신 게 있고!"

"너의 겸손함은 미덕이지만 압도적 전과를 어필하기 위해선 의상을 새로 맞추는 게 필수야. ……그렇지! 나랑 네가 등을 맞대고 싸웠다는 것을 나타내는 획기적인 디자인이 떠올랐어……!"

라든지.

끝에는.

"——직접적으로 묻겠는데 그대는 글래머파야 아니면 절벽파야?"

"갑자기 무슨 소릴 하시는 거예요?!"

"이, 이건 중대 사항이야! 내가 지금까지의 군대 생활에서 배운 바로는 남자에게는 글래머파와 절벽파 두 종류가 있다던데. 보이는 대로 내 가슴은 어릴 때부터 과할 정도로 계속 자라서 지금은 머리보다 커. 그러니까 그대가 글래머파라면 방해꾼밖에 되지 않았던 내 유방도 이렇게까지 부푼 보람이 있겠지만 만약 절벽파라면……."

"절벽파라면……?"

"그대가 귀족이 되는 이 타이밍에 차라리 유방을 뿌리부터 베어 버려야 한다고 생각하고 있어⋯⋯!"

"와, 와아! 전 글래머가 좋아요!"

──이런 식으로 마지막에는 다소 야한 토크까지 나눌 정도로 호의적이었고 만약 앞으로 내가 귀족이 되면 어쩔까⋯⋯라는 망상 토크까지 작렬했다.

대화 내용은 미묘했지만 엄청 칭찬받고 있는 건 틀림없으니, 묘하게 기분 좋아 보이는 유즈리하 씨에게 찬물을 끼얹는 것도 별로라 다소 경련이 일어나도 맞장구를 쳐주었다.

그런데 말이다.

나라로 돌아온 다음 날, 공작가에서 우릴 맞이한 유즈리하 씨는 불쾌함의 끝에 있었다.

"왜, 왜 그러세요, 유즈리하 씨⋯⋯?"

"왜고 뭐고 없어! ──아아, 미안해, 이건 그대 때문이 아닌데. 난 아직 미숙해."

"아뇨, 그건 괜찮은데."

"어제는 너무나 화가 나서 나도 모르게 공작가 사병을 긴급 소집해서 늦은 밤까지 훈련을 시키고 말았어. 하하⋯⋯."

유즈리하 씨는 자학적으로 말했지만 재난이었던 건 긴급 소집된 사병들이었겠지. 의외로 악덕 직장인 걸까.

그래도 유즈리하 씨의 명예를 위해 덧붙이자면 매우 드물게 있다는 유즈리하 씨의 스트레스 발산용 특훈은 의외로 사병들에게 대호평이라, 「평소엔 새치름한 아가씨의 맨 얼굴을 볼 수 있는 절호의 기회」 「온 힘을 다해 움직여서 흔들리는 가슴을 다이나믹하게 관찰할 수 있다」 「아가씨에게 밟히고 싶어」와 같은 말을 듣고 있다고 한다. 그건 그렇고.

유즈리하 씨에게 이끌려 공작가 당주 서재로 들어가자 날 기다리고 있었던 듯 공작이 엄숙하게 입을 열었다.

"——자네가 너무 활약한 덕분에. 우리나라는 가까운 장래에 전쟁을 시작하게 될 것이네."

2

최근 야채가 비싸졌다.

전쟁 분위기가 강해지면 왕도의 물건은 뭐든 비싸진다. 첫 번째는 야채, 두 번째가 생선.

곤란하게 됐다고 머리를 긁었다. 이대로라면 예산 오버인데.

"전쟁이라……."

사쿠라기 공작가에서 예고한 며칠 후의 일.

왕가와 군부는 지금까지 없었던 대규모 원정 계획을 발표했다.

이웃나라에 대한 침략 전쟁.

참고로 이웃나라라는 것은 우리가 아마조네스와 공동 전선을 구축한 살린도어만 제국은 아니고, 남서로 펼쳐진

웬타스 공국이다.

웬타스 공국은 풍부한 식재료 생산을 배경으로 부와 군사력을 비축한 대륙 제일의 국가로 알려져 있었다.

집으로 돌아와 예정보다 1랭크 정도 다운된 저녁 준비를 하고 있자 유즈리하 씨를 데리고 스즈하가 돌아왔다.

"안녕, 스즈하네 오라버니, 실례 좀 할게."

"어서 오세요. 유즈리하 씨도 저녁 드시겠어요?"

"잘 먹을게."

유즈리하 씨는 신출귀몰해서 최근 우리 집에서는 저녁 재료를 살 때 재료를 3인분씩 사게 되었다.

딱 한 번 유즈리하 씨 몫이 준비되지 못했을 때 그녀는 정말이지 굉장히 슬퍼 보이는 얼굴을 했다. 마치 이 세상이 끝난 것처럼.

"그런데 스즈하네 오라버니, 오늘 저녁은 뭐야?"

"꽁치 한 마리랑 유부예요."

"으음, 꽁치라……그건 꽤 매력적인데…….."

"오빠. 운동 끝낸 우리에겐 양이 좀 부족하지 않을까요?"

"그럼 돼지고기 넣은 된장국도 추가할까?"

""와아.""

스즈하랑 함께 기뻐하는 유즈리하 씨는 도저히 공작 영애처럼 보이지 않았다.

*

저녁을 다 먹고 단련도 전부 끝낸 후, 두 사람은 유즈리하 씨가 공작 저택에 돌아가기 전까지 나에게 오늘 있었던 일을 말해주었다. 이것 또한 늘 있던 일이었다.

"오빠, 학원도 이미 온통 전쟁 분위기예요."

"혹시 스즈하랑 학생들도 원정을 떠나?"

"아뇨, 저랑 유즈리하 씨는 학원에 남을 예정이에요. 하지만 그 이외의 학생 대부분은 원정조예요."

왕가는 이 전쟁의 의의를 『선조가 빼앗긴 땅을 우리가 되찾기 위한 성전이다』라든가 뭐라고 했지만 실제로는 단순한 침략 전쟁이라는 사실을 누구나 알고 있었다.

유사 이래 모든 침략 전쟁은 자위(自衛)의 이름하에 행해진다는 게 유즈리하 씨의 말이었다.

"오빠, 잠시 실례할게요."

스즈하가 화장실에 가고 유즈리하 씨랑 둘이 남았다.

이 기회에 난 최근의 고민을 털어놓기로 했다.

"유즈리하 씨. 스즈하에게는 비밀로 의논할 게 좀 있는데요."

"뭐야, 단둘이 비밀 상담?! 뭐, 뭐, 뭐, 뭔데, 뭐든 말해봐!"

"감사합니다. 이제 곧 스즈하 생일인데요."

매년 스즈하 생일에는 남매끼리 조촐한 파티를 하며 스즈하가 좋아하는 요리를 선보였다. 그리고 선물을 건네는데.

"작년까지 스즈하는 강해지기 위한 것에만 흥미가 있는

아이였기 때문에 그에 관련된 걸 선물하면 됐거든요. 신상 목검이나 철제 아령이라든가."

"그건 오빠가 여동생에게 줄 선물로는 꽤 이질적인 것 같은데…?"

"하지만 이제 스즈하도 왕립 최강 기사 여학원에 입학했고, 저에게는 말 안 했지만 마음에 드는 남자친구 하나 정도 있을 테니까요. 오빠인 제가 이런 말 하는 것도 좀 그렇지만 스즈하는 객관적으로 꽤 귀엽게 컸다고 생각해요."

"뭐 확실히, 스즈하의 인기는 어마어마하지. 하지만 스즈하는 인접한 기사학원 남학생이 말을 걸어도 돌멩이 정도로밖에 인식 안 할 텐데? 매일 러브레터를 받아도 답장을 한 적은 한 번도 없다고 했고…."

"어쩌면 저에겐 비밀로 보이프렌드가 있을지도 모르죠."

"그것만은 신께 맹세코 없을 거야."

웬일인지 유즈리하 씨에게 부정만 당하고 있는데 그건 그렇다 치고.

"그래서 올해는 평범하게 여동생에게 줄 법한 선물을 하고 싶은데 저로서는 뭐가 좋을지 몰라서요. 그래서 유즈리하 씨에게 의논 좀 하려고요."

"흐음. 그런 거였어…?"

유즈리하 씨가 팔짱을 끼고 잠시 고민한 후 웬일인지 갑자기 얼굴을 빨갛게 물들였다.

"그, 그런 거라면 이번에 둘이서 선물 사러 갈까?"

"아뇨, 그건 좀 죄송한데요."

"그, 그, 그, 그렇지 않아! 나도 스즈하에게 선물을 사주고 싶고——게다가 이건 단연코 데이트 같은 게 아니니까!"

그 이후 뭔가 억지로 강행된 결과 유즈리하 씨랑 둘이서 선물을 사러 가게 되었다.

그건 그렇고 그렇게 열심히 함께 선물을 골라주려고 하다니 유즈리하 씨는 정말 좋은 사람이야.

3

일요일, 유즈리하 씨와 함께 쇼핑을 하게 되었다.

듣자 하니 스즈하는 기사 여학원에서 갑자기 밤을 새워 할 작업이 생긴 듯, 오늘 밤까지 돌아오지 않는다고 했다. 그래서 스즈하에게 들킬 걱정 없이 차분히 선물을 고를 수 있었다.

"여자에게 줄 선물이라면 액세서리가 기본이잖아."

그런 말을 한 유즈리하 씨를 따라 왕도 안에서도 고급인 지역으로 가게 되었다.

이른바 귀족 마을이라는 곳이었다.

가게 선정을 유즈리하 씨에게 맡긴 이상 이건 어쩔 수 없다.

"기사가 되면 언제 목숨을 잃을지 몰라. 그러니 언제나 몸에 지닐 수 있고 전장에서도 떼어 놓지 않을 만한 물건을 선물하면 기뻐하겠지."

"하지만 액세서리는 전투 중에 방해가 되지 않을까요?"

"방해가 안 되는 걸 고르면 돼."

"그건 그러네요."

유즈리하 씨에게 안내받은 곳은 정말이지 엄청 고급스러운 액세서리 가게였다.

밖에서는 보석점으로밖에 보이지 않았다는 건 비밀.

"…엄청 비싸 보이네요…."

"아니, 물건을 골라보면 그렇지도 않아. 뭣하면 출세하면 갚기로 하고 내가 빌려줄 수도 있는데?"

"임시 수입이 들어와서 괜찮을 것 같아요."

실은 최근 대수해에서 오거를 섬멸한 일에 대한 보상금을 받았다.

귀족도 병사도 아니며 스즈하나 유즈리하 씨의 덤으로 따라갔을 뿐인 나에게도 보상금을 준 것이다.

그 사실을 처음에 들었을 땐 반사적으로 거절했다. 왠지 귀찮아질 것 같은 예감도 들었고.

하지만 유즈리하 씨의 '만약 여기서 네가 사퇴하면 이야기가 더욱더 복잡해져. 그러니까 받아줘'라는 수수께끼 같은 설교를 듣고 결국 받게 되었다.

이런 이유로 지금 나에겐 좀 비싼 선물을 살 여유 정도는 있었다.

완전 서민인 내가 가게 안으로 들어갔지만 점원은 웃는

얼굴로 인사해주었다.

의심스러운 평민으로 보이지는 않을 만큼 사전에 이야기를 해놓은 것 같았다.

"그럼 우선은 혼자 골라봐."

"네?"

"내가 처음부터 참견하면 결국 스즈하의 선물을 내가 고른 게 되니까. 몇 가지 후보를 고르면 나에게 말해줘."

그렇게 말하며 유즈리하 씨는 익숙한 모습으로 맞은편 쇼케이스 쪽으로 가버렸다. 아무래도 특별히 관심이 가는 물건이 있는 듯했다.

하지만 이거 곤란한데.

하나하나 쇼케이스에 들어 있는 액세서리뿐 설명서도 가격도 안 붙어 있었고 애초에 어림짐작하기가——.

"손님, 오늘은 어떤 물건을 찾으시나요?"

아아, 그렇지. 점원에게 물어보면 되겠구나.

말을 걸어준 노신사 점원에게 여동생 생일 선물이라는 사실과 예산을 전하자 점원은 맞장구치며 고개를 끄덕였다.

"그렇다면 머리끈은 어떠십니까? 보석으로 장식한 끈이나 산호 세공이 된 끈 등 다양한 종류가 준비되어 있습니다만."

"저기, 섬세해서 망가지기 쉬운 건 좀. 여동생은 왕립 최강 기사 여학원 학생이거든요."

"그렇습니까? ——그럼 이런 건 어떠십니까?"

그렇게 말하며 점원이 갖고 온 건 언뜻 보기엔 별로 특별할 것도 없는 고무 머리끈.

다만 고무는 남방대륙의 특산품이라 그것만으로도 서민으로서는 고르기 힘든 가격이었다. 그러니 여성이 고무끈 팬티를 입는 건 어느 정도 부유층 신분이라는 뜻이기도 했다.

아쉽게도 우리 집은 서민이라 스즈하의 팬티는 전부 끈 팬티다.

"이건 언뜻 보기엔 평범한 머리끈 같지만 일회용 방어 마법이 부여되어 있습니다."

"네에?"

"치명적인 대미지를 입었을 때 딱 한 번 대역이 되어준답니다. 그리고 대미지를 받아넘긴 후 고무가 끊어져 버리지요."

"대단하네요!"

"…사실 이건 판매 문구고 실제로는 대미지를 간신히 완화해줄 뿐입니다만."

"그런가요…?"

"사실은 일시적인 위안이지요. 그래도 갖고 있어서 곤란한 것도 아니고 귀족이 전투에 나갈 때는 대부분 이 마법이 부여된 물건을 부적 대신 갖고 간답니다."

"그렇군요."

"이쪽 머리끈이라면 전장에서도 방해가 되지 않을 것 같습니다만."

"그러네요."

"참고로 가격은——."

그 이후 들은 금액은 서민의 머리끈을 생각하면 좀 놀랄 법한 가격이었지만 일회용 마도구라고 생각하면 그렇게까지 비싸진 않았다.

오거 대수해에서의 보상금을 합치면 무리 없이 2개는 살 수 있을 정도였다.

거기까지 생각하고 문득 어떤 생각이 번뜩였다.

"이 머리끈 재고가 하나 더 있나요?"

"후후후, 그럼 혹시 여동생분이 트윈테일이신가요? 저도 정말 좋아한답니다."

"아뇨, 아닙니다만."

"숨기지 않으셔도 됩니다. 안심하십시오, 이것과 완전히 똑같은 머리끈이 하나 더 있으니까요."

"그러니까 아니라고요."

"이런 일도 있을 것 같아 동지를 위해 숨겨둔 마지막 하나……하지만 손님 여동생분의 트윈테일을 위해서라면 드리는 게 아깝지 않습니다! 할인도 약소하나마 해드릴 수 있을 것 같고요!"

"제 말 좀 들으세요!"

그래도 할인해준다면 땡큐였다.

결국 난 초로의 트윈테일 마니아 점원에게서 머리끈을 2

개 샀다.

*

쇼핑을 끝내고 유즈리하 씨를 불렀다.

"벌써 끝났어?"

"네에, 괜찮은 선물을 찾았거든요."

"그거 다행이네……하지만 가능하면 너랑 같이 선물을 고르면서 이른바 쇼핑 플레이를 하고 싶었는데….."

"유즈리하 씨?"

"아, 아니! 아무것도 아니야! 그래서 뭘 샀어?"

"머리끈을 2개."

구입한 머리끈을 보여주자 유즈리하 씨가 납득한 듯 고개를 끄덕였다.

"이거라면 전장에서도 몸에 지닐 수 있고 조금이나마 방어 마법 부여도 있으니까. 하지만 난 스즈하의 트윈테일 모습을 본 적도 없는데…?"

"그러니까 아니라니까요."

난 머리끈을 하나 유즈리하 씨에게 건네며 말했다.

"이건 유즈리하 씨 거예요. 항상 신세를 지고 있으니 보답을 하고 싶었어요."

"뭐, 뭐, 뭐, 뭐야-?!"

"항상 스즈하나 절 도와주셔서 정말 감사합니다."

"아, 아니?! 나나나야말로 너에게는 항상 도움만 받는데! 벌써 몇 번이나 목숨을 구해주고 정말 평생 갚을 수 없을 정도의 은혜를 입었는데!"

"무슨 말이에요. 전장에서 서로 도와주는 건 당연한 일이잖아요."

"게, 게다가 그대에게는 이 머리끈도 싸지 않잖아! 그렇게 소중한 물건을 나 같은 것한테 선뜻 주면 안 돼! 난 선조 대대로 전해지는 방어석을 갖고 있으니까 이건 그대가 갖고 있어야 해——."

"아, 그런가. 유즈리하 씨라면 이런 것보다 강력한 마법이 걸린 명품을 당연히 갖고 계시겠죠. 그럼 인사는 다음에 다시 하는 걸로⋯."

"——그렇게 생각했는데 마음이 바뀌었어."

"흐에?"

일단 살짝 뺐던 머리끈을 든 내 손을 유즈리하 씨가 덥석 잡고 말렸다.

"저기, 그리고 모처럼이니까 부적을 교환하지 않겠어?"

"⋯네?"

"그대는 나에게 그 머리끈을 선물하고 난 그대에게 방어석을 선물하는 거지——전장에서 진심으로 서로 실력을 인정한 전우들이 몸에 지니는 물건을 교환하는 일은 자주 있으니까. 그럼 우리도 그렇게 해야지."

그리고 유즈리하 씨가 가슴골에서 꺼낸 펜던트는, 정말

눈부실 정도의 빛을 발하는 특대 에메랄드였다.

"이게 내 방어석이야, 받아줘. 그리고 너의 머리끈을 나에게──!"

"잠깐만요! 그 교환, 가치가 너무 다르지 않아요?!"

"전장에서 서로를 인정한 두 사람에게 물건의 시장 가격 따위 사소한 문제에 지나지 않아⋯⋯따, 딱히 난 그대에게 선물을 받을 천재일우의 기회를 놓치지 않으려고 우리 집안에 대대로 전해지는 가보인 방어석을 억지로 떠넘기려는 게 아니니까! 차, 착각하지 마!"

"그런 착각을 할 리가 없잖아요!!"

"아, 아니면 그대는⋯날 방어석을 교환할 가치조차 없는 여자라고, 그런 식으로 생각하는 거야⋯?"

"왜 갑자기 낙담하는 거예요?! 아아, 정말, 여기 이거요!"

"고, 고마워⋯!"

내가 머리끈을 건네자 유즈리하 씨가 반짝거리는 눈으로 받아주었다.

기뻐해주는 것 같아 다행이었다.

대신 무시무시하게 큰 에메랄드를 억지로 넘겨받았지만 이건 적당한 때를 봐서 사쿠라기 공작가 당주에게 전하겠다고 마음속으로 맹세했다.

4 (공작 시점)

여동생이 여기사 학원에 입학했더니, 어쩐지 구국의 영웅이 되었습니다. 내가.

늦은 밤, 사쿠라기 공작가를 방문한 토코의 첫 한마디는 공작에겐 진실로 놀라운 것이었다.

"…잠깐만. 지금 뭐라고 했나?"

"되묻고 싶어지는 마음은 정말 이해하지만 이건 사실이야. 실권자가 움직였어. 아니, 날 만나러 왔다니까!"

"일단 확인하겠네만 실권자라는 건 그 킹메이커를 말하는 건가……?"

"당연하지! 안 그러면 나도 빌어먹을 정도로 바쁜데 아주 급하게 여기까지 오지도 않았어!"

──이 나라의 상인들, 즉 경제계는 실권자라고 불리는 인물에게 지배되고 있었다.

눈에 띄는 일은 하지 않는다. 결코 공식적인 무대에는 등장하지 않는다. 그의 것이라 인식될 만한 행동을 일으키는 일조차 극히 드물다.

따라서, 실권자는 그 존재조차 거의 알려지지 않았다.

하지만 극히 일부 귀족만이 아는 틀림없는 사실이 있었다.

실권자가 일단 명령을 내리면 모든 거대 상인이 노예처럼 충실하게 따른다는 것.

실권자가 한도를 알 수 없는, 아마 왕가조차 능가하는 재력을 보유하고 있다는 것.

그리고.

"그래……킹메이커가 드디어 움직인 것인가……."

"그런 거겠지."

50년 동안 실권자가 움직였다는 말이 돌았던 건 과거에 3번뿐.

그것들은 모두 차기 왕을 결정하는, 혹은 왕을 교체시키려는 전투와 관련된 것이었다.

그 모든 일에서 실권자가 있는 진영이 승리했고 왕이 되었으며, 그것이 실권자에게 킹메이커라는 별명이 붙은 이유다.

"……이겼군."

최종적인 승리를 확신하고 왕녀 진영에 가담한 공작이지만 실권자의 존재는 지금까지 목에 박힌 작은 가시처럼 걸려 있었다.

실권자는 공식적인 자리에 모습을 드러내지 않고 성명도 내지 않았다.

그건 즉, 제삼자로서는 어느 진영에 실권자가 붙었는지 확인할 수 없다는 뜻.

다만 제1왕자나 제2왕자가 만에 하나라도 실권자의 지지를 얻었다면 그 성격상 즉시 널리 퍼뜨렸을 테니 그런 일이 없는 이상 이번 왕좌 다툼에서 실권자는 중립적인 입장이라고 추측되었다.

하지만 결국 추측은 추측에 지나지 않았다.

공작은 어떻게 실권자와 연락을 취할 수 없을지 몇 번이나 시도했고 모두 실패했는데.

"킹메이커가 인사를 했다는 것은 당연히 자네에게 붙겠

다는 뜻이겠지."

"…으—음. 그것 말인데 조금…."

"왜 그러지?"

당연한 확인을 할 생각이었던 공작이었지만 예상외의 답변에 미간을 찌푸렸다.

한편 토코도 복잡한 얼굴이었다.

"그게 말이지, 실권자가 이렇게 말했어.『지금은 네 편에 서겠지만 너의 아군이 된 건 아니다』라고."

"…무슨 의미지?"

"나도 그렇게 물었어! 그랬더니 그 영감탱이가 뭐라고 했는지 알아?『그런 것도 모르는 애송이니까 지금까지 그대를 선택하지 않았던 것이다』라잖아! …저기, 이게 무슨 뜻이야?"

"…으음…."

공작이 신음했다.

정말 무슨 뜻인지 알 수가 없었다.

확실한 건 실권자가 완전히 이쪽 편에 붙었다고 생각하는 건 시기상조라는 것인가.

"그러고 보니 오늘 유즈리하는?"

"그 아이는 자기 방에 있다."

"왜 서재로 안 데리고 왔어?"

"어차피 오늘은 쓸모가 없을 테니까."

"왜?"

"──낮에 그 남자랑 쇼핑을 갔었다. 돌아온 이후로 계속 히죽거리기나 하고 몇 시간이나 손에 든 싸구려 머리끈을 사랑스럽다는 듯 바라보고 있었다네."

"……혹시 스즈하 오빠한테 선물이라도 받은 건가?"

"그 이외에는 생각하기 힘들지. 호위 보고도 그렇다고 했고."

"부, 부럽다. 나도 스즈하 오빠한테 선물 받고 싶어──아아앗?!"

토코의 갑작스러운 큰 소리에 공작이 얼굴을 찡그렸다.

아무리 서재가 방음이 잘 되어있다고 해도 토코의 방문은 극비사항.

안 그래도 심야에는 소리가 울리니, 방음이 되어 있다고 큰 소리를 내도 되는 건 아니다.

"시끄럽네. 대체 왜 그러는 것인가?"

"미안. 여기 올 때까지 계속 생각했거든. ──왜 실권자가 지금에서야 이쪽에 붙었는지."

"……흐음."

그럴 만도 하다.

뭐든 그렇지만 협력이니 편들기니 하는 건 최대한 빨리, 대세가 굳어지기 전에 표명해야 할 정도로 공헌도가 크며, 차기 국왕 다툼에서는 더더욱 그렇다.

심지어 실권자 정도의 수완가라면 아군이 되겠다고 계산이 섰다면 제일 빨리 존재를 밝혔을 게 당연했을 것이다.

"저기, 공작, 생각해봐. 우리가 최근 손에 넣은 카드가 뭐야? 우리의 미래를 바꾼 터닝포인트는?"

"그야 당연히 오거의 대수해에서의 토벌극이지."

"그래, 나도 그렇게 생각했어. 그 대륙 전체를 뒤흔든 대토벌극에서 시대의 흐름이 바뀌었다고. 멍청한 왕자 2명이 무모한 원정 계획을 세웠고, 그래서 실권자가 여기 붙었다고 그렇게 생각했어."

"그렇지."

"…하지만 만약 그게 아니었다면?"

"그것 말고 무슨 가능성이 있지?"

"예를 들어 스즈하 오빠의 존재를, 혹은 강함과 영향력을 알았기 때문……이라든가?"

"…………."

공작의 등 뒤로 흥건하게 땀이 맺혔다.

오거의 대수해에서의 토빌극은 현재, 국내를 뒤흔들 정도로 큰 화제가 되었다.

대수해 안에서 대륙의 인류가 모두 소멸될 레벨의 마물군이 조직되고 있었던 것이다.

그걸 살육의 전쟁 여신이라는 별명의 유즈리하를 필두로 한 5명의 젊은이로 괴멸시킨 것.

인접 국가, 그중에서도 특히 고고한 집단이라고 알려진 아마조네스족과 우호 관계를 구축한 것.

공작은 알고 있었다.

――그 모든 일이.

단 한 명의 청년이 없었다면 결코 하지 못했을 일이라는 것을――.

"내 생각에 실권자는 스즈하 오빠와 어딘가에서 접촉한 게 아닐까?"

"…그런 보고는 받지 못했네."

"틀림없어? 그렇게 생각하면 모든 일이 이치에 맞는데?"

"유즈리하도 호위도 그런 이야기는 일절 하지 않았다. 애초에 쇼핑을 갔다고 해도 딸이 귀족 거리에 있는 왕실 어용상인 가게에 데리고 간 것 같으니까. 그 남자와 접촉한 사람은 유즈리하 말고는 액세서리 가게 점원 정도밖에 없네."

"그래? 그럼 그 추측은 아닌가――?"

"아니겠지. 어쨌든 이야기에 의하면 그 남자는 초로의 점원과 머리끈을 고르면서 여동생의 머리 스타일에 대해 이야기를 나눴다고 하더군."

공작의 별것 아닌 이야기에 토코의 온몸이 굳었다.

"――그거야."

"뭐?"

"유즈리하가 데리고 간 가게는 나도 잘 알아. 질 좋은 마력이 부여된 액세서리 가게는 왕도에 한 곳밖에 없으니까."

"그게 어쨌다는 건가?"

"그러니까 나도 아는데 그 가게는 젊은 여성 점원밖에 채

용하지 않아. 어디까지나 마도구 상점이 아니라 액세서리 가게라는 오너의 강한 고집 때문에, 어떤 상급 귀족이 찾아와도 남자라면 점원 희망자로서는 문전박대를 당하지."

"……그게 정말인가……?"

"당연하지. 그것 때문에 왕녀인 내가 귀족들 사이를 중재하러 나섰던 적도 있으니까."

초로의 점원은 남성이었다는 보고를 받았다.

그렇다면 상급 귀족조차 불가능한 점원으로 분장하여 손님을 맞이한 남자는 즉——.

"그럼 그 점원이 실권자였다고——?"

"분명 그렇겠지. 실권자는 스즈하 오빠와 접촉하고 답을 내렸어. 그러니까 우리 편에 붙은 거지. 아니, 그런 게 아니야——."

토코는 고개를 흔들었다.

"그 실권자의 말투를 보면 우리기 아니라 스즈하 오빠의 아군이 되었다는 느낌…?"

"어느 쪽이든 똑같지 않나."

"지금은 그렇지. 하지만 만약 스즈하 오빠가 멍청한 오빠 중 어느 쪽인가에 붙었을 때는 실권자도——."

"의미 없는 가정이야."

공작이 단언했다.

그래, 현재 상황과 그 남자의 성격을 가미해 생각해보면 그 남자가 왕자들 중 어느 쪽인가에 붙을 가능성은 더없이

제로에 가까웠다.

"문제는 그 이후겠군."

"그런가?"

"당연하지. 만에 하나 그 남자가 왕위를 원한다면——."

"그때는 왕위 정도는 줄 수 있어."

"……뭐라고?"

"스즈하 오빠는 아마 이 나라에서 최강일 거고 뒤에는 실권자, 아마조네스, 스즈하에 유즈리하까지 붙어 있으니까. 게다가 스즈하 오빠라면 선정을 펼칠 거고 대외 전쟁은 무적이겠지. 그렇다면 내가 여왕으로 계속 앉아 있을 이유 따위 어디에도 없잖아."

"그건 그럴지도 모르네만……. 그래도……."

귀족적인 가치관으로는 도저히 있을 수 없는 선언. 왕위를 이렇게 쉽게 포기한다는 토코의 말에 공작이 눈을 희번덕거렸다.

물론 지금 그 말은 틀림없는 토코의 본심이었다.

하지만 토코도 마음속을 전부 털어놓은 것은 아니었다.

(단 스즈하 오빠가 왕이 될 거라면 나랑 결혼하는 게 가장 손쉽고 온당해. 유즈리하는 울겠지만……어쩔 수 없지.)

왕족은 평민과 결혼할 수 없다. 그게 이 나라의 법이자 전통이었다.

하지만 만약 결혼하는 순간에 여왕이 그 신분을 버린다면.

혼인을 금지하는 법 같은 건 어디에도 없으니까.

생선 가격이 큰 폭으로 올랐다. 야채도 여전히 비쌌다.

나라를 총동원한 대전쟁은 우리나라 군대가 연전연승을 계속하고 있다고 전해졌다.

상인의 모습을 관찰했다. 히죽히죽 웃는 얼굴의 상인, 안색이 나쁜 상인, 남모르게 야반도주 준비를 하고 있는 상인. 그들의 태도는 말보다 훨씬 웅변적이었다.

그렇게 왕도를 관찰하던 나는 머지않아 한 가지 결론에 이르렀다.

오늘 저녁은 튀김 메밀국수.

아무 말 없이 걸신들린 듯 먹는 스즈하와 그 옆에서 당연한 듯 면을 입으로 빨아 당기는 유즈리하 씨를 향해 먹으면서도 괜찮으니까 들어달라고 서론부터 시작했다.

"가까운 미래에 이 나라에서 쿠데타가 일어날 가능성이 높은 것 같아."

"푸흡——?!"

유즈리하 씨가 먹던 메밀국수를 뿜어내 입 안에 있던 메밀국수와 메밀국수 육수가 성대하게 튀었다.

"자, 유즈리하 씨, 이 천으로 닦으세요."

"고, 고마워——아니, 그런 건 지금 상관없어! 어떻게 그대는 그걸 알지?! 어디서 들었어?!"

"듣다니 뭘 말이에요?"

"그야 당연히! 사쿠라기 공작가 주도의 왕녀파 쿠데타 계획에 대해서!"

"……유즈리하 씨? 이야기하는 도중에 무심코 진실을 말해버린다는 게 이런 거죠?"

스즈하가 경멸하는 눈으로 유즈리하 씨를 쳐다봤다. 나도 그 의견에 전면적으로 찬성했다.

하지만 유즈리하 씨는 정색했다.

"두 사람에게는 애초에 직전에 털어놓고 협력을 구할 생각이었으니까 괜찮아. 그보다 이 시점에서 계획이 누설되고 있는 게 훨씬 더 문제니까. 그래서 스즈하 오빠는 어디서 쿠데타 계획을 들었어?"

"아뇨, 아무 데서도 안 들었는데요."

"……뭐?"

여우에게 홀린 듯한 표정의 유즈리하 씨.

그런 유즈리하 씨가 납득할 수 있도록 차례대로 설명하기로 했다.

"우선 제가 알고 있는 한 이번 전쟁에서 우리 나라에 승산은 없었습니다."

"왜 그렇게 생각했지?"

"단순히 전력을 보내는 걸 아까워하고 있기 때문입니다. 진심으로 전쟁에 이길 생각이라면 적어도 유즈리하 씨는 반드시 출전해야 했겠죠."

"하지만 내가 선봉에 서면 또 나의 공적이 되니까. 이번 전쟁은 우리가 오거의 대수해에서 예상을 뒤엎고 쟁취한 승리로부터 세간의 시선을 돌리기 위해 시작한 측면도 커. 그러니까 왕족이 출전하고 우리가 나라를 지키는 건 이치에 맞잖아."

"정치적인 면에서는 그럴지도 모르지만 전술적인 면에서는 최악이지요."

"왜지?"

"공작가의 서재를 빌려 근래 우리나라의 전쟁 사정을 알아봤지만 유즈리하 씨가 있는 전장에서만 승리했습니다. 반대로 왕자 두 분이 출전해 승리한 전투는 전무합니다."

"확실히 그렇지."

"요 몇 년의 전장은 유즈리하 씨의 압도적 실력으로 어떻게든 지켜왔으니까요. 만약 유즈리하 씨가 활약하지 않았다면 이 나라는 이미 패전했을 겁니다."

"그, 그래? 아니, 실은 나도 그렇게 생각하고는 있지만 다른 사람도 아닌 그대에게 듣고 보니 굉장히 쑥스럽네……."

정말 쑥스러운 듯 유즈리하 씨가 얼굴을 붉게 물들이며 몸을 배배 꼬았다.

하지만 본론은 그게 아니었다.

"그래서 이번 전쟁, 전 바로 패배하고 도망쳐 올 줄 알았습니다. 그런데 전투는 연전연승, 파죽지세로 진군 중이라고 전해 들었습니다."

"응, 나도 실은 꽤 의외였어."

"그래서 전 왕도의 상인들을 가만히 살펴봤습니다. 어느 산지의 무엇을 다루는지, 안색은 어떤지. 개별적인 상품의 가격 상승률은 어떤지. 그리고 물품 부족, 산지 변경, 상품 입하 빈도……. 그것들을 꼼꼼히 관찰하고 조합한 결과, 전 한 가지 확신을 얻기에 이르렀습니다."

"호오. 그건 뭐지?"

난 엄숙하게 선언했다.

"우리나라 군대는 연전연패 중입니다. 틀림없습니다."

이른바 권력자가 일방적으로 흘리는 왜곡된 뉴스라는 것이었다.

우리나라의 톱은 패배 사실을 오로지 숨기기만 하고 거짓된 희소식으로 국민을 속이고 있었다.

"이봐, 잠깐만!!"

유즈리하 씨가 당황한 듯 끼어들었다.

"네 이야기가 사실이라면 내가 모를 리가 없잖아! 우리 공작가는 단독 정보망도 보유하고 있고 평소부터 정보 수집에는 주의하고 있어!"

"그럼 묻겠습니다만 유즈리하 씨는 실제로 전장을 봤다는 사람에게서 직접 이야기를 들으셨습니까?"

"……아니. 직접적인 보고는 늦어지는 것 같아. 평소라면 전선에 섞여든 병사가 정보를 팔러 오는데…."

"지금 이야기를 듣고 더욱더 확신하게 됐어요."

난 유즈리하 씨를 가만히 바라보았다.

"생각해보십시오. 제가 들은 왕자님 두 분의 성격이라면 정말 이겼다면 얼마나 자기 진영의 왕자가 보다 활약했는지 선전했겠죠. 그리고 서로의 성공을 성대하게 방해했을 겁니다."

"확실히. 그 두 왕자의 본성은 철저하게 꼬여있으니까."

"애초에 이 전쟁의 목적이 자신이 얼마나 차기 국왕에 어울리는지를 나타내기 위해서라는 것도 크니까요. 하지만 그런 이야기는 전혀 흘러들어 오지 않았죠."

"으음….."

"두 왕자가 힘을 합쳐서 적진을 파괴했다는 듣기 좋은 말만 하고 세밀한 묘사는 들은 적이 없습니다. 승리한 전투라면 꼼꼼하고 상세하게 묘사해서 대대적으로 선전했을 텐데."

"듣고 보니 그렇긴 하지만……그래도 그 바보 왕자들이니까 단순히 기세로만 들이받느라 멋있는 부분도 없었던 거 아닐까?"

"그럼 그것대로 그런 이야기가 들려왔겠죠. 하지만 이번에는 상세한 내용이 일절 들려오질 않잖아요."

계속 말하느라 목이 말랐다. 차를 마시고 싶었다.

"즉 처음부터 승패 따위 어찌 되든 상관없는 그런 시나리오가 작성되어 있다는 뜻입니다."

"…으으음…."

그렇지 않다면 설명이 되지 않았다.

여기까지 정보 통제가 능숙하게 되고 있는 이유.

전투 결과가 나오기 훨씬 전, 어쩌면 원정이 계획되기 이전부터 꼼꼼하고 세밀하게 준비되어 있었기에 공작가 따님인 유즈리하 씨조차 속고 있는 거겠지.

여기까지 오면 해답까지 한 걸음 남은 것이다.

"그 경우 그런 허위 정보를 준비하는 이유는 뭘까요? 어차피 머지않은 미래에 발각될 텐데."

"시간이 흐르면 가짜 정보는 가치가 없어. 그러니 그런 건 시간 벌기에 지나지 않는데——아앗, 그런 건가?!"

"그렇습니다. 그러니 목적은 아마도 쿠데타가 아닐까 하고."

쿠데타로 정권을 잡기만 한다면 아무리 전쟁에서 대패하든 그때 본인의 책임을 추궁할 상대는 제거되어 있을 것이다.

물론 적국이 침략한다면 이야기는 다르겠지만, 살육의 전쟁 여신이라고 불리는 유즈리하 씨에 아마조네스와의 동맹도 있는 현 상황에서는 자국이 공격받을 가능성은 적다고 판단했겠지.

어디의 대귀족이 모략을 꾸몄는지 모르겠지만 아마 왕자가 대패하는 것조차도 처음부터 정해놓고 계획한 것이 틀림없었다. 터무니없이 성격이 나빴다.

"그래서 전 왕자 중 어느 쪽 진영이 쿠데타를 일으키고 그 타깃은 왕도에 있는 현 국왕님 부부와 왕녀님일 거라 생각했는데……. 저기, 왕녀님도 쿠데타를 일으키시는 겁니까?"

"으윽."

"못 들은 걸로 하라고 하시면 기쁘게 받들겠습니다만."

"——아니. 이 기회에 들어줘. 어차피 그대에게는 언젠가 말할 생각이었어."

그 이후 난 왕녀가 차기 여왕이 되기 위한 쿠데타 계획을 정말 매우 세세한 부분까지 듣게 되었다.

난 그냥 평민이라 국가 규모 음모의 핵심 따위 들어봤자 아무런 도움도 되지 않지만.

그리고 우리가 그 이야기를 나눈 저녁 식사로부터 5일 후.

제2왕자파에 의한 쿠데타가 일어나 국왕 부부와 왕녀가 유폐되었다.

6

왕도에 계엄령이 내려지고 외출 자유가 제한되었다.

그런 와중에 은밀히 우리 집을 찾은 유즈리하 씨의 안색은 창백함을 뛰어넘어 이미 흙빛이었다.

"……정말 미안해, 그대에게 충고를 받았으면서 이런 꼴이라니. 나도 어떻게든 쿠데타를 저지하려고 했는데⋯⋯."

"제가 사과받을 만한 일은 아니죠."

예측은 했지만 실제로 쿠데타가 어떻게 실행될지는 평민인 나로선 짐작도 할 수 없었다.

애초에 평민에게는 귀족의 권력 투쟁이든 차기 국왕이든 기본적으로 상관없기도 하고.

너무 멍청한 이가 왕이 되면 나라는 황폐해지겠지만, 막상 그렇게 되면 스즈하와 함께 외국으로 이주하는 선택지도 있었으니까.

나랑 스즈하가 태어나서 자란 마을도 거기 있던 밭도 이젠 없으니, 어디든 갈 수 있다.

"그래서 그대는⋯⋯앞으로 어떻게 될 것 같아?"

"어떻게라니요?"

"현재, 국왕 부부와 왕녀가 유폐되어 있어."

진지한 눈빛의 유즈리하 씨는 한때의 위안을 주는 대답을 바라는 게 아니겠지.

그래서 나도 솔직하게 답했다.

"왕녀님은 죽임을 당하시겠죠."

"――윽!"

"현 국왕 부부는 대관식까지 유폐해놓고 그 이후에는 추방하거나 평생 유폐, 혹은 몰래 독살되지 않을까요? 이번 치세의 평가가 그렇게까지 나쁜 건 아니었고 외부에 보일 체면도 있으니까요. 하지만 왕녀님은 살려둘 이유가 없죠.

무엇보다 너무 위험해요."

"위험……."

"왕녀 진영도 쿠데타를 계획했잖아요. 그게 알려졌다면 당연하고, 모른다고 해도 머리가 잘 돌아간다고 소문난 왕녀를 살려두면 뒤탈이 생길 가능성도 높죠. 왕녀 파벌의 귀족을 입 다물게 만들기 위해서라도 왕녀님은 죽일 겁니다."

뭐, 평민인 내가 생각할 만한 이야기니까 어디까지 맞을지는 짐작 가지 않지만.

하지만 내 말을 들은 유즈리하 씨는 골똘히 생각하는 모습으로 당분간 고민한 후 머지않아 고개를 들고 날 올곧게 바라보았다.

"그대에게 부탁이 있어."

"네."

"이런 일을 그대에게 부탁할 이유가 없다는 건 아주 잘 알고 있어. 그러니 이건 부탁이야, 그대에게는 거절할 권리가 있어. 하지만 가능하면 거절하지 말았으면 좋겠는데, 그걸 위해서라면 내가 할 수 있는 일이라면 뭐든 할게, 그러니까."

유즈리하 씨가 꿀꺽 침을 삼켰다.

"나랑 함께——왕녀를 구하지 않겠어?"

"좋아요."

"……뭐?"

바로 대답하자 유즈리하 씨는 깜짝 놀라며 어이없는 표

정을 지었다.

*

결정이 났으니 서둘러야 했다.

얼어붙은 유즈리하 씨를 질질 끌 듯 마차에 태우고 공작가로 향하는 사이, 겨우 사고회로를 재가동시킨 그녀가 나에게 덤벼들었다.

"자, 잠깐만! 너, 너무 가벼운 거 아니야?!"

"뭐가요?"

"그대라면 알 텐데! 지금 왕녀를 탈환하러 왕궁으로 돌입하는 건 어떻게 생각해도 자살행위라는 걸!!"

"그 자살행위를 저에게 부탁한 건 유즈리하 씨예요."

"그, 그건 그렇지만!"

뭐, 유즈리하 씨의 말도 이해는 간다.

평범하게 생각하면 거절하는 게 당연한, 이른바 죽으러 가자고 말하는 요청에 왜 고개를 끄덕였는지 묻고 싶겠지.

그에 대한 나의 대답은 굉장히 심플했다.

"그건 간단해요."

"……흐에?"

"동료가 곤란한 상황일 땐 돕는다. 그냥 그것뿐이에요."

"그, 그건……!"

"아니면 제가 유즈리하 씨를 동료라고 생각하는 건 일방적인 짝사랑이었나요? 그렇다면 좀 서운한데——."

"그런 거 아니야!!"

유즈리하 씨는 공작가 마차가 흔들릴 정도의 큰 소리로
부정했다.

"그대는 나에게 최고의 동료이자 내 등 뒤를 맡길 수 있
는 유일한 존재야! 그런 그대를 비하하는 말은 설령 본인
이라 해도 용납 못 해!"

"네? 아뇨, 그건 아무리 그래도 너무 과한 칭찬인데——."

"그럴 리가 있겠어?! 지금까지도 너에게는 계속 도움을
받았고 게다가 지금도 내가 바란 최고 이상의 답을 쉽게
해주고……. 어디까지 날 반하게 만들어야 속이 시원하겠
어, 이 멍청아!!"

"아, 뭐, 그건 그렇다 치고."

이상한 이유로 혼난 데다 불온한 발언도 섞여 있었던 것
같지만 지금은 그걸 추궁할 여유가 없었다.

어쨌든 유즈리하 씨의 기운이 돌아와 정말 다행이었다.

아무튼 우리는 지금부터 사지로 향하는 거니, 기합이 충
분하지 않다면 살아서 돌아올 수 없을 테니까.

……여러 가지로 조사하고 정말 안 될 것 같다면 어떻게
할지는 그때 다시 생각해봐야지.

7

공작가가 몰래 감춘 왕성의 겨냥도나 비밀 통로, 하수구 위치 등을 머릿속에 철저히 주입하고 국왕이나 왕녀가 유폐되어 있는 곳을 추측한 후 적의 병력을 어림잡아 구출 계획을 세웠다.

그렇게 작전을 짜내는 도중 난 뜻밖의 사실을 전해 들었다.

"――아니, 아니, 왕녀는 그대도 만나고 있었잖아?"

"네? 어디서요?"

"그래, 그대에게는 아직 말 안 했을지도 모르겠네…….. 아니, 왕립 최강 기사 여학원 이사장인 토코 말이야. 그 녀석은 내 소꿉친구이자 절친인 동시에 이 나라의 왕녀야."

"네에에에?!"

"언제 내막을 밝힐지 말 안 한 채 잊고 있었는데 일이 이렇게 될 줄이야…."

몰랐다.

난 어느샌가 이 나라의 왕녀와 면식이 있었던 것인가.

그렇다 해도 일반 서민인 나 같은 건 상대는 기억도 못 하겠지만. 그래도――.

"그럼 더욱더 어떻게든 해야겠네요."

"물론이지. 그대에게 그런 말을 들으니 정말 다행이야."

"아는 사람을 죽게 내버려 두는 건 이제 사양이니까요."

"……너는 예전에 그――아니, 여기서 물어볼 말은 아니지. 잊어줘."

어딜 봐도 확실하게 국가 기밀인 도면을 노려보면서 유즈리하 씨나 그 아버지인 공작과 의견을 나누었다.

"……으——음……."

"어때, 그대는 잘될 수 있을 것 같아?"

유즈리하 씨가 기대와 불안이 뒤섞인 표정으로 바라보았지만 뭐라고도 말하기 어려웠다.

상당히 냉혹한 상황인 건 명백했다.

어쨌든 여차하면 적은 토코 씨를 없애고 도망치면 된다는 선택지가 컸다. 왕성을 폭파라도 하고 혼란한 틈에 탈출 후 새로운 작전을 짜면 대미지도 적어지겠지. 그렇기에 우리는 아슬아슬할 때까지 토코 씨의 처분을 늦춰야 한다.

이쪽은 토코 씨가 죽은 시점에 디 엔드다.

우리는 토코 씨를 잃고 아마 유즈리하 씨는 당분간 쓸모없는 존재가 될 것이며, 그동안 지금 전쟁하는 적국이 왕도까지 공격해오면 이 나라는 멸망할 것이다.

나의 설명을 들은 유즈리하 씨가 분하다는 듯 고개를 끄덕였다.

"그대 말이 맞아……. 왕성을 공격하고 점령하기만 하는 거라면 우리 둘만으로 완전 낙승일 텐데……."

"뭐, 오거의 대수해에서 끝없이 계속 싸운 것보다는 훨씬 편하겠죠."

도중에 기사학교에서 직행한 스즈하도 합류하기로 했다.

사실 난 스즈하는 이번 구출 계획에 참가하지 않기를 바랐다. 어쨌든 너무 위험하니까. 그런데.

"오빠? 설마 오빠가 절 동료에서 제외할 생각은 아니겠죠?"

"……오빠 입장에선 집에 있었으면 좋겠는데?"

"왜요? 이래 봬도 난 의외로 도움이 된다고요. 흔히 보이는 일반 병사 상대라면 일개 사단이라 해도 맨손으로 괴멸시켜버리겠어요."

"이번에는 토코 씨 구출이 목적이니까 그렇게 날뛰면——아니, 그래도 되려나?"

방침 결정.

머릿속에서 맹렬한 속도로 계획을 세워 동료들에게 작전을 제안했다.

유즈리하 씨가 내 이야기를 들으면서 이해의 빛을 띠었다.

"과연. 너의 작전대로라면 구출대와 양동부대 둘로 나누는 건가? 하지만…."

"그렇습니다. 저는 토코 씨를 구출하기 위해 하수구를 반대로 헤엄쳐서 왕성 안으로 향할 겁니다. 그리고 스즈하와 유즈리하 씨는 같은 시간에 눈길을 끌 사건을 일으키는 겁니다. 성 밖에서 일어난 소동이라면 상대도 토코 씨를 처분까지 하진 않을 테니까요. 가능하면 공작가에서도 양동 작전을 도와주시면 감사하겠습니다만."

"맡겨주게."

"감사합니다, 공작님. 그럼 이걸로——."

"잠깐만!!"

유즈리하 씨가 당황한 듯 끼어들었다.

"나도 그대랑 같이 왕성으로 갈 거야!"

"안 됩니다."

"어째서?!"

"공작가의 직계 장녀를 하수구에 잠입시켜 헤엄치게 할 순 없어요."

"그런 바보 같은!!"

솔직히 내 본심을 말하자면 유즈리하 씨는 구출 부대에 꼭 필요했다.

하지만 내 입장에서는 결코 그런 말을 꺼낼 수 없었다.

당연하지. 어디 평민이 공작 영애에게 「하수구로 잠입해」라고 말할 수 있겠어?

왕족의 탈출용 비밀 통로는 오히려 더 엄중하게 경계당하고 있을 것이다. 그러니까 최대한 발견되지 않고 왕성으로 잠입하려면 하수구 루트밖에 없었다.

——여기서 포인트는 유즈리하 씨가 직접 말을 꺼내는 거라면 문제가 없다는 사실이었다.

물론 난 처음에 부정하겠지만 마지막엔 유즈리하 씨의 열의에 밀린다는 형태로 마지못해 허락하는 걸로.

그리고 유즈리하 씨라면 반드시 직접 말을 꺼낼 거라고 확신하고 있었다.

한 번 더 말을 꺼내면 어쩔 수 없다는 얼굴로 유즈리하 씨의 동행을 인정해야지.

현재, 내 머릿속에서 그린 시나리오대로 일은 진행되고 있었다.

됐다. 마음속으로 흡족하게 웃었다.

참고로 스즈하는 성격상 맞지 않아 무리였다.

스즈하는 어두운 곳에 가거나 단둘이 있게 되면 외로운 건지 무서운 건지 잘 모르겠지만 무의식적으로 나에게 말을 붙이거나 몸을 가까이 가져다 대는 버릇이 있다.

통상적인 전투라면 그렇게까지 문제는 없어도 잠입 작전에서는 치명적이었다.

"하수가 얼마나 더럽든 상관없어! 나는 토코를 구출하고 싶고 게다가 무엇보다 너의 등 뒤를 지키고 싶어! 그러니까 나도 너랑 갈 거야!!"

"그──."

"보기 흉해요. 유즈리하 씨."

내가 '그렇게까지 말하신다면──'의 '그'라는 말을 입 밖으로 내뱉었을 때 갑자기 여동생인 스즈하가 트집을 잡았다. 뭐지?

"모르겠어요, 유즈리하 씨? 오빠는 이렇게 말하는 거예요──우리는 솔직히 말해서 거치적거린다고."

""뭐?!""

"왜 오빠까지 같이 놀라요…? 훗, 오빠의 생각은 여동생인 제가 통째로 꿰뚫어 보고 있으니까요."

아무것도 꿰뚫어 보지 못하는 스즈하가 의기양양한 얼

굴을 유지한 채 유즈리하 씨에게 말을 붙였다.

"오빠는 이렇게 말하는 거예요. 『당신이 나의 잠입 스피드를 따라올 수 있겠어? 강적에게 둘러싸였을 때 본인 몸을 확실하게 지킬 수 있겠어? ──내 옆에 나란히 설 파트너로서 어울리는 실력을 갖고 있어?』라고."

"으, 으윽…그렇게 말한다면…."

"아니, 전 그런 말을 한 적이──."

"오빠는 이렇게도 말하고 있어요. 『내 입으로 말하게 하지 마, 스즈하랑 유즈리하에겐 양동 작전이 고작이야. 나의 파트너로서 어울리는 실력을 갖춘 후 같이 가고 싶다고 말해』라고."

"……알았어. 스즈하네 오라버니와 함께 가겠다는 건 분수를 모르는 어리석은 발언이었어. 철회할게."

"잠깐만──."

당황해서 변명하려는 내 어깨를 누군가가 탁탁 두들겼다.

뒤를 돌아보자 거기에는 뚝뚝 눈물을 흘리며 날 올곧게 바라보고 있는 공작이 있었다.

그거다. 부모가 사랑하는 딸 대신 희생양이 되겠다는 그런 젊은이를 바라보는 표정.

"미안하네──죽지 마라."

공작의 말 깊은 곳에는 딸을 사지에 보내지 않는다는 안도감이 감춰지지 않고 흘러넘치고 있었다.

이 순간, 난 혼자 왕성으로 잠입한다는 큰 결정을 내리게 되었다.

8 (토코 시점)

토코 왕녀가 왕궁 안 자신의 방에 유폐된 지 이미 반나
절이 흘렀다.

"···저기. 이제 그만 묶어놓은 손 좀 풀어주면 안 돼?"

"당연히 안 됩니다. 손을 움직이게 놔두면 마법을 쓸 테
니까."

손을 뒤로 한 채 의자에 묶인 토코를 감시하는 노인이야
말로 오랜 세월에 걸쳐 이 나라의 재상을 맡아온 남자.

이번 쿠데타의 실질적인 주모자였다.

표면상으로는 제2왕자가 주도한 것으로 되어 있지만 그
바보 왕자가 치밀한 쿠데타 계획 따위를 세웠을 리가 없었
다. 그러니까 토코는 방심하고 만 것이다.

설마 존재감이 희미한 이 남자가 쿠데타를 세부 사항까
지 면밀하게 계획해 실행할 줄이야.

"토코 님의 마법은 강력하니, 손을 풀어주기만 하면 저
같은 건 왕성 밖까지 가볍게 날아가고 말 겁니다."

"쳇."

토코가 혀를 찼다.

마법만 쓸 수 있다면 이런 영감 따위 금방이라도 때려눕
힐 수 있는데.

"──저기, 재상도 남자지? 내 몸에 흥미 없어?"

토코는 왕녀로서 본인의 여자로서의 매력을 객관시하고 있었다.

왕녀라는 지위.

매우 단정한 외모.

남자의 육욕, 혹은 망상을 구현한 것 같은 몸매.

──자신의 몸은 대부분의 남자에게 어떤 미식이나 보물에도 이길 가치가 있다.

토코는 그렇게 인식하고 있었고 그건 대개의 경우, 의심할 여지 없는 사실이었다.

하지만 토코는 어렸을 때부터 마술을 계속 연마했고 지금까지 여자로서의 무기를 사용하는 것에서 늘 도망쳐왔다.

정조 관념이 강하고 왕족 주제에 연애에 대한 결벽이나 꿈이 컸기 때문이다. 좋아하는 남자가 아닌 사람들에게 아양을 떠는 짓은 기분 나빠서 할 수 없었다.

똑같이 주변 여자를 훨씬 웃도는 미모와 몸을 겸비하고 있으면서 남녀관계에선 철저하게 소원했던 유즈리하가 계속 곁에 있었던 것도 원인이겠지.

그런 토코가 태어나서 처음으로 미인계를 시험해볼 정도로, 토코의 현재 상황은 위기였다.

이 순간에도 머릿속 냉정한 사고회로가 자신이 언제 죽임을 당해도 이상하지 않다고 땡땡 경종을 울리고 있었다.

하지만 토코의 첫 미인계는 실패로 끝났다.

"토코 님의 몸은 터무니없이 매력적이지만 지금은 언급하지 않도록 하겠습니다."

"……무슨 뜻이지?"

토코가 묻자 재상은 무슨 일인지 아련한 눈을 했다.

"전 토코 님이 태어났을 때부터 재상이었습니다. 당연하게도 토코 님께서 아름답게 성장하고 눈부신 재능을 꽃피워가며 커 가시는 모습을 20년 가까이 곁에서 지켜보았습니다. ──그동안 저는 계속 토코 님을 굉장히 원망했습니다."

"뭐, 뭐야, 그게……?"

기억에 전혀 없는 재상의 원망 담긴 불평에 토코가 무심코 경계했다.

하지만 재상은 그런 토코의 모습을 신경 쓰지도 않고 아련한 눈을 한 채 말을 이었다.

"──아름답고 재능이 흘러넘치는 토코 님께 왜 남자의 그것이 붙어 있지 않은 것인지…!"

"왜 갑자기 쇼타콘 고백을 하는 건데?!"

"참고로 이번 쿠데타의 협력자인 코노에 사단장과 교회 교황님도 저랑 같은 견해였습니다."

"왕녀를 소재로 그런 이야기에 다 같이 열을 올린 건 아니겠지?!"

"남에게 말할 수 없는 성벽 폭로와 비밀 공유는 결속을 공고하게 하는 가장 큰 무기가 됩니다. 이건 사교술의 기

본이라고요."

그렇게 진지한 얼굴로 답하면 토코로서도 말이 막힐 수밖에 없었다.

겨우 짜내는 듯한 목소리로 뻔한 대사를 내뱉는 게 고작이었다.

"이, 이, 멍청한 녀석이……!"

아아, 제길. 토코의 머릿속에 새삼스럽게도 후회가 몰려들었다.

이럴 줄 알았으면 지금까지 한번 해달라고 다가온 빌어먹을 상급 귀족들에게 매몰차게 대하지 않고 좀 기대를 줘서 아군으로 만들어둘 걸 그랬어──!

"훗. 토코 님 성격상 그건 도저히 불가능하겠지요."

"이런 비상시까지 남의 생각을 꿰뚫는 거야? 코웃음 치면서 입바른 소리 하지 말라고!"

토코가 재상을 보며 몇 번째일지 모를 울컥 올라오는 화를 참던 그때.

먼 방 밖에서 무언가 소란스러운 소리가 들렸다.

"……그럼. 토코 님과의 대화도 아쉽지만 슬슬 끝내야 할 것 같군요."

"뭐, 뭐야? 하항, 설마 유즈리하 일행이 날 구하러 여기까지 온 건 아닌지 무서운 거야?"

토코의 환히 다 들여다보이는 도발에 그대로 넘어간다면 아무리 이 나라의 귀족이 썩었다고 해도 오랫동안 재상직을 맡을 수 없었을 것이다.

"자랑은 아니지만 사쿠라기 공작가의 따님이 토코 님을 탈환하러 올 거라는 건 당연히 예상하고 있었습니다. 물론 상황을 생각해볼 때 엄중한 경계 아래에 있는 왕성 돌입 같은 건 죽으러 오는 거나 마찬가지인 행동이니, 정말 구하러 올 거라고는 믿지 않았습니다만……."

"유즈리하는! 자신이 진심으로 신뢰하는 상대를 위해서라면 아무리 가능성이 낮다 해도 끝까지 최선을 다하는 아이야!"

"무모하군요. 아니면 그게 젊음이라는 걸까요."

그렇게 중얼거리는 재상의 말에 토코는 오싹함을 느꼈다.

어떤 가능성이 어렴풋이 떠올라, 사고에 굳게 뚜껑을 닫고 생각하지 않기로 한 것이다.

──어쩌면 유즈리하는 동료를 위해 죽고 싶은 거 아닐까.

혼자 질릴 정도로 전장에서 적을 계속 쓰러뜨려온 결과, 홀로 계속 승리하며 살육의 전쟁 여신이라고까지 불린 친구의 마음은 사실 이미 망가져 있었고.

자신이 인정한 동료를 위해 자신이 인정한 동료에게 간호를 받다 전장에서 죽고 싶다고 바라는 거 아닐까──?

"뭐, 어쨌든 소용없는 짓입니다."

"유즈리하라면 배신한 기사들이 떼를 지어 덤벼도 받아칠 수 있을 것 같은데!"

"아무리 사쿠라기의 따님이라 해도 그건 무승부가 고작

이겠지요. 게다가."

재상이 우쭐해하는 눈으로 토코를 응시하며 말했다.

"왕족용 비밀 통로에는 병사와 함께 습격에 대비해 덫을 설치해뒀습니다."

"······윽!"

"그래도 공작가 영애시니 왕족밖에 모르는 비밀 통로를 알 가능성도 크죠. 저도 알고 있을 정도니까. 그래서 그쪽에서 공격해올 때는 때를 가늠해서——쾅! 대폭발을 일으켜 그곳을 지키고 있던 병사와 함께 통째로 생매장시킬 겁니다."

"크윽······기껏해야 유즈리하 한 명에게 너무 과한 장치 아니야······?"

"그렇게 얕본 끝에 전멸된 적병이 합쳐서 수천은 되지요. 신중해야 하지 않겠습니까."

토코가 입술을 깨물었다.

그럼 아무리 유즈리하에 더해서 스즈하나 스즈하 오빠까지 구출하러 온다고 해도 무리였다.

어쨌든 재상은 왕족의 비밀통로를 사용한다는 꼼수까지 파악하고 있는 데다 유즈리하를 생매장하기 위해 왕성을 호기 있게 날려버릴 마음으로 가득 차 있었다.

자신은 물론 구하러 올 유즈리하 일행까지 절체절명의 큰 위기였다.

"하지만 뭐, 역시 왕성이 폭파된다면 혼란스러워질 거고 그 틈에 토코 님이 만에 하나라도 도망치는 건 참을 수 없는 일이죠. 그러니 가엾지만 이제 그만 토코 님은 퇴장해 주셔야겠습니다."

"하, 하지 마, 하지——!!"

"잘 가십시오, 공주님."

재상이 품에서 커다란 나이프를 꺼내——토코의 가슴에 꽂았다.

"——!!"

보통이라면 즉사했을 일격.

하지만 체내에서 더없이 고농도의 마력이 순환하고 있는 토코는 금방은 죽지 않았다.

물론 그건 죽음에 이르기까지의 시간이 조금 더 늘어난 것뿐.

"아직 안 죽었습니까. 역시 공주——."

"토코 씨!!"

방문이 폭발하듯 날아갔다.

그리고 가슴을 찔린 토코의 눈동자에 비친 것은, 자신의 모습을 확인하고 귀신 같은 형상으로 달려오는 온몸이 흠뻑 젖은 스즈하의 오빠였고.

"무슨——."

토코에게 칼을 찌르던 모습 그대로 무슨 일인지 뒤를 돌아보려던 재상은.

반도 돌지 못하고 달려든 스즈하 오빠에게 두들겨 맞은

결과, 마치 온몸이 대폭발한 듯 흔적도 없이 날아가 버렸다.

그런 재상의 마지막 따위에는 관심도 없다는 듯 스즈하 오빠가 토코를 끌어안고 몇 번이나 몇 번이나 이름을 불렀다.

"토코 씨, 토코 씨!"

"……후훗, 스즈하 오빠도 참 진짜……너무 강해……. 맞은 곳이 날아가는 것도 아니고……. 충격으로 온몸이 사라져 버리다니 얼마나 대단한 거야……쿨럭."

입으로 피를 토한 토코에게 스즈하 오빠가 외쳤다.

"토코 씨, 말하지 마세요!"

"……미안해, 스즈하 오빠……모처럼 목숨을 걸고 날 구하러 왔는데……. 조금 더 기다리지 못해서 미안해……."

"토코 씨는 살 겁니다! 그러니까!"

스즈하 오빠가 필사적으로 토코의 가슴에 마력을 흘려보냈다.

가슴을 관통한 유즈리하를 살린 그 치료 마법.

하지만 이번에는 역시 소용없을 거라고 토코는 생각했다. 어쨌든 심장을 찔렸으니까.

"……이대로 죽어서……혹시 다시 태어나면……이번에는 나도……스즈하 오빠의 여동생이…되고 싶은……데…….."

"토코 씨는 안 죽습니다! 그러니까 말하지 마세요!"

이미 의식이 몽롱하다.

대단치도 않은 인생이었지만, 유즈리하가 있었고 최근에는 스즈하 오빠와 스즈하도 있어 줘서 마지막만은 굉장히 반짝거렸지.

그러니까 토코는 웃으며 막을 내리기로 했다.

(저기, 스즈하 오빠. 마지막으로 키스해줘.)

그렇게 말할 생각이었지만 어느새 토코는 말을 이을 수 없었고 휘휘 공기 새는 소리만 낼 뿐이었다.

하지만.

"아아, 정말, 말하지 말라고 했잖아요!"

그렇게 말한 스즈하 오빠는 몹시 거칠게 입술을 누르고, 키스를 한 상태에서 방대한 마력을 몸속에 흘려보냈다.

그렇게, 토코는 완전히 안심하고 암흑 속에서 의식을 잃었다——.

6장 새 여왕의 탄생

1

그날 일은 잘 기억나지 않는다.

정확히 말하자면 왕성에 돌입한 이후의 일이지만.

왕녀가 쓰는 프라이빗 룸이니 뭐니 하는 게 왕성 여기저기에 점재해 있어서, 그런 데를 이 잡듯 철저하게 찾다가 거의 마지막에 강렬한 마력을 느꼈다. 덮어놓고 달려가 정신을 차려보니 품속에 죽어가는 토코 씨가 있었기에 몰두해 치료한 것만 기억한다.

그리고 하수를 뒤집어쓴 채로 토코 씨를 끌어안고 치료한 것도.

빈사 상태에서도 계속 말을 꺼내는 토코 씨를 입 다물게 하려고 키스로 입을 막았던 것도——.

"······오빠도 참, 실은 꽤 많이 기억하고 있죠? 고의범 아니에요?"

"아아아아니야! 그건 긴급사태였으니까 어쩔 수 없잖아! 그러니까 난 전혀 잘못하지 않았어, 정말!"

왕성 내에 있는 대성당.

이 장소는 원래 왕족과 교회 최고 권력자들밖에 들어올 수 없다는 신성한 곳이었는데. 웬일인지 난 스즈하와 유즈리하 씨의 손에 이끌려 연행되어 들어왔다.

잠들어있던 토코 씨의 의식이 돌아왔다는 소식을 들은 게 3일 전.

내가 저지른 일은 이미 널리 알려져 있겠지.

그건가.

왕녀 음행 모욕죄로 난 사형을 받는 것일까. 으윽.

"분명 즉결 재판이겠지. 군사법정에서는 변호사도 부를 수 없고——."

"……저기, 좀 피곤한데. 영문 모를 바보 같은 말은 그만 중얼거려 주겠어?"

사람이 지금부터 처형될지도 모르는데 차가운 말을 토해내는 유즈리하 씨. 너무해.

뭐, 유즈리하 씨가 녹초가 된 건 틀림없는 사실이었다.

어쨌든 쿠데타가 실패로 끝난 날부터 계속 이 왕도에는 대규모 숙청의 폭풍우가 거칠게 불어댔으니까.

"……참고로 유즈리하 씨는 지금까지 몇 명 정도 숙청하셨나요?"

"1000명은 되겠지. 이 나라의 귀족 중 8할 정도를 지옥의 맹렬한 불에 가라앉혔어."

"어머, 무섭네요."

"말투가 좀 이상해졌는데……?"

그 정도로 혼란스러우니까요. 네에.

"그리고 변명하겠는데 그때 전."

"쉿. ——시작했어."

마지막으로 변명을 늘어놓으려는데 장엄한 종소리가 울려 퍼졌고 유즈리하 씨가 내 입을 다물게 했다.

문이 열리고 사뿐사뿐 들어온 건 순백의 드레스를 입은 한 명의 소녀.

나에게는 그녀가 마치 지금부터 결혼식을 올릴 신부 그 자체로 보였다.

기억에 있는 검정 일색의 로브 차림과는 마치 다른 사람처럼 인상이 달랐다.

그래도 잘못 볼 리가 없었다.

스즈하나 유즈리하 씨보다 차분한 인상의 믿을 수 없을 정도의 미모.

아직 다 성장하지 않은 얼굴을 배신하는 무섭게 성장한 가슴.

그리고 무엇보다 영리한 마력이나 바르고 우아한 행동거지 하나하나가 자신의 고귀한 출신을 강렬하게 어필하고 있었다.

웨딩드레스를 입고 있는 것처럼 보이는 토코 씨가 천천히 우리 앞까지 걸어와 멈춰 섰다.

"——다시 한번 날 살려줘서 정말 고마워."

"아뇨, 저야말로 굉장한 무례를 범했습니다. 그래도 무사하셔서 무엇보다 다행입니다, 토코 님……. 아니, 왕녀 전하."

"그러면 안 되지, 스즈하 오빠."

"네?"

"내 목숨의 은인인 스즈하 오빠에게 그런 식으로 불리는 건 좀 슬픈데. 그럼 내가 스즈하 오빠의 친구라서가 아니라 마치 왕녀라서 구해준 것 같잖아?"

"아뇨, 아뇨, 그렇지 않습니다!"

"그럼 앞으로도 나를 토코라고 부를 것. 전하도 님도 금지야. 꼭이다?"

"네? 하지만 그럼——."

"꼭."

"……네. 토코 씨."

"뭐, 스즈하 오빠 성격상 갑자기 반말하는 건 무리려나? 그건 어쩔 수 없지."

왕족을 거스를 수도 없으니 고개를 숙였다.

내가 양해를 했다는 사실에 토코 씨는 빙긋이 웃으며 말을 이었다.

"그럼 스즈하 오빠. 오늘 내가 여기 부른 이유는 역시 알고 있겠지?"

"물론입니다. 아마 지금부터 즉결 군사법정, 왕녀모욕죄로 저는 사형을——."

"무슨 소릴 하는 거야?! 대관식이야, 대관식!"

"……네……?"

왕녀를 향해 얼간이 같은 대답을 하고 말았다.

왜냐하면 그 정도로 말도 안 되는 대답이었으니까.

적어도 나에게는.

"그럼 처음부터 설명할게. 지금 이 나라의 왕자 2명은 쿠데타를 일으킨 죄로 숙청됐고 전 국왕은 왕자의 연좌제를 이유로 은퇴했어. 그래서 왕가에는 이제 차기 국왕이 될 사람이 나밖에 없다는 뜻이지."

"네? 쿠데타를 일으킨 건 제2왕자님이잖아요? 왜 제1왕자님도?"

"그게 말이지. 그 바보 오빠들은 양쪽 다 쿠데타를 계획하고 있었어. 먼저 움직인 게 제2왕자파였을 뿐, 제1왕자 쪽도 조사해보니 끊임없이 나오더라고, 정말 새까맣게."

"우와아."

그보다 토코 씨도 쿠데타를 계획했으니 요컨대 이 왕족 삼남매는 모두 쿠데타를 꾀하고 있었다는 무서운 결과가 나온 것이다.

역시 남매라고 해야 할까.

혹은 부모의 교육이 상당히 좀 그랬던 것일까?

"……스즈하 오빠, 뭔가 하고 싶은 말이 있는 것 같은데?"

"그, 그렇지 않습니다!! 그보다 토코 씨의 드레스가 굉장히 멋지네요, 마치 웨딩드레스 같아요!"

나의 화려한 화제 전환이 유효했는지 토코 씨는 그 이상 날 추궁하지 않고 '에헤헤——' 하며 수줍어했다.

"우리나라에서 대관식은 국왕이 될 자와 나라의 결혼이라고 보고 있어. 그래서 나도 이런 차림이지. 물론 진짜 결혼은——."

"크흠."

"저기, 토코. 잡담도 좋지만 우선 대관식을 진행하는 게
먼저 아닐까?"

"쳇."

끼어들려는 것처럼 웬일인지 스즈하가 헛기침을 하고
유즈리하 씨도 이야기의 탈선을 지적하자 토코 씨는 작게
혀를 찼다.

"……뭐, 좋아. 그럼 지금부터 대관식을 시작하겠습니다!"

대관식은 엄숙하게 진행되었다.

유즈리하 씨가 차기 여왕인 토코 씨를 칭송하는 축문을
낭랑하게 읽었다.

듣자 하니 원래 이건 교황의 역할이지만 이번 쿠데타의
주모자 중 한 명이었다는 사실이 발각되어 처형대로 향하
게 된 결과, 공작가 직계 장녀이자 고위 무녀 자격을 갖고
있는(!) 유즈리하 씨가 대리하게 됐다고.

다음으로 토코 씨의 맹세의 말이 이어졌다.

그 뒤에는 왕국을 수호한다고 알려진 여신상에 맹세의
입맞춤.

말하면 죽이겠지만 저건 분명 역대 국왕과의 간접 키스
일 것이다.

그렇게, 드디어 대관식이라는 이름대로 왕관을 쓰는 단

계까지 왔다.

일단 들어간 유즈리하 씨가 다시 나왔다. 그 손에서 시야에 들어오는 것도 눈부실 정도로 훌륭한 티아라가 빛나고 있었다.

"저기, 그대가 토코에게 씌워줘."

"네에에? 제가요?!"

"그래. 뭐, 평소라면 대관식에서 티아라를 씌워주는 건 전 국왕, 혹은 교황이나 아버지, 결혼했다면 배우자겠지만—."

"난 아직 결혼도 안 했고 교황은 공석 상태고, 아버지인 전 국왕은 왕자의 쿠데타 책임을 지고 칩거 중이니까. 그런 이유로 지금은 차기 여왕 탄생의 최대 공로자인 스즈하 오빠가 씌워 줘야 할 것 같아."

"아뇨, 아뇨, 아뇨, 전 평민이에요!! 그런 자격이 있을 리가 없잖아요!"

"그런 건 관계없어. ——넌 내가 죽을 뻔했을 때 달려와 죽어가는 내 목숨을 살렸어. 게다가 경계가 엄중한 왕성 하수도를 거슬러 올라오는 목숨을 건 잠입극 끝에 날 구해 줬잖아?"

"그것만 들으면 그렇긴 하지만——."

"그런 스즈하 오빠에게 자격이 없다면 이 세상 누구에게 자격이 있다는 거지? 그러니까——난 다른 누구도 아닌 네 손으로 티아라를 씌워줬으면 좋겠어."

불쑥 다가오는 토코 씨를 피해 도움을 요청하려고 유즈

리하 씨와 스즈하에게 교대로 시선을 보냈지만.

"토코의 말이 맞아. 하지만 구국의 용사인 그대에게 축복받지 못하는 새로운 여왕은 어차피 변변찮을 거고 뭣하면 대신 내가 써줄 수 있어. 물론 그럴 경우 그대는 티아라를 씌운 책임을 지고 평생 내 옆에서 공적으로나 사적으로나 최대한의 서포트를 해주게 되겠지만……."

"그보다 차라리 오빠가 쓸래요? 첫 평민 출신 국왕이 되면 국민의 인기는 절대적이겠죠. 다만 그럴 경우, 왕비가 귀족이라면 평민 출신의 국왕에게 기대한 모두가 실망할 테니까 저 같은 서민을 아내로 맞이하는 게 현명할 것 같은데……."

"아무런 도움이 안 된다는 건 이런 걸 뜻하는 거야!"

불쑥 다가오는 세 사람.

모두의 굉장한 압박에 꼭 여기서 한 명을 선택하지 않으면 안 될 분위기였다.

그리고 그 선택지 중 2개가 완전히 지뢰밭이라면.

나에겐 선택할 여지가 많지 않았다.

"토코 씨."

"……으읏……."

유즈리하 씨 손에 있던 티아라를 들고 토코 씨에게 씌웠다.

토코 씨는 금방이라도 펑펑 울기 시작할 것처럼 눈물을 글썽이며 미소를 지었다.

2 (유즈리하 시점)

호화스러운 귀족 저택의 큰 객실이 대략 100명 정도의 경비병들 시체로 가득 채워졌다.

단 한 명의 소녀로 인해 이뤄진 일이었다.

"흐음. 이걸로 일단락된 건가……?"

주위를 확인하면서 혼잣말한 건 현 상황을 발생시킨 장본인인 사쿠라기 공작가의 직계 장녀, 유즈리하.

어릴 때부터 전장에 서서 온 대륙에 살육의 전쟁 여신이라는 별명을 떨친 소녀였다.

하지만 그렇게 불리는 건 지금의 유즈리하에겐 괴로운 기억에 지나지 않았다.

과거 자신이 얼마나 우물 안 개구리였는지 지금은 통감하고 있기 때문이었다.

(내가 살아남은 건 그저 단순히 약한 적들만 만났던 결과에 지나지 않아.)

(굳이 스즈하네 오라버니까지 말하지 않아도 지금 스즈하나 나만큼 강인한 적과 조우하면 나 같은 건 파리 목숨처럼 죽었을 거야.)

(그래, 이들처럼——.)

저택 밖에서는 왕국기사단들이 이중 삼중으로 포위하고 있어 벌레 한 마리도 도망가지 못하게 포위망을 쳐놓고 있었다.

유즈리하는 새 여왕의 칙명에 따라 숙청을 실행하기 위해 토코와 적대적이던 귀족의 저택에 오로지 혼자 뛰어들었다.

만반의 준비를 하고 기다린 건 대략 100명 정도의 경비병.

나름 상급 귀족이 어릴 때부터 기른 병사인 데다 내분에 대비해 만반의 준비를 갖추고 있었던 터라 약할 리 없었다.

하지만 그 100명을 한데 모아 유즈리하는 갓난아이의 손을 비틀 듯이 간단하게 때려눕혔다.

게다가 완전무장한 경비병에 비해 유즈리하는 맨손. 심지어 갑옷조차 입지 않고 팬티 하나만 입은 차림이었다.

왜냐하면 숙청을 계속하면서 이런 사고에 이르렀기 때문이다.

(모처럼이니까 전라일 때──예를 들어 목욕할 때나 내가 스즈하의 오빠와 야한 짓을 하다 습격받았을 경우에 대한 훈련도 겸하기로 하자.)

처음에는 이렇지도 않았다.

시작은 그냥 기사대와 함께하는 돌입이었다. 하지만 너무나 압도적인 숙청 쇼가 계속 이어지자 머지않아 유즈리하 혼자 돌입하게 되었고 그럼에도 상처 하나 입지 않고 연승함에 따라 장비가 점점 간소화되었으며, 얼마 전까지는 셔츠 한 장에 칼 하나였다가 드디어 팬티 하나만 입게된 것이다.

얼핏 생각하면 얕보는 플레이로밖에 보이지 않지만 유즈리하에게도 변명거리는 있었다.

(난 가슴이 크니까. 노브라로 습격받았을 때 움직임에도 어느 정도는 익숙해질 필요가 있어.)

이제 와서 말할 필요도 없이 유즈리하의 가슴은 완전히 익은 멜론보다 크며, 당연하게도 전투에 유방이라는 존재는 불리함으로 이어진다. 그게 크면 클수록 더욱.

일단 가슴 근처 살덩어리가 잡아 뜯기듯이 전후좌우로 흔들리니까.

평소에는 브래지어로 꽈악 눌러두지만 언제 어느 때 노브라일 때 습격받을지 알 수 없었다.

그래서 유즈리하는 지금까지 계속 노브라로 실전훈련을 하고 싶었지만.

(스즈하네 오라버니 앞에서 노브라로 가슴을 흔드는 것 따위 가능할 리가 없잖아. 왜냐하면 사, 상스러우니까……!)

그런 점에서 상대가 숙청해야 할 목표라면 거리낄 것도 없었다.

근방의 돌멩이 정도로 아무래도 상관없는, 게다가 숙청할 남자가 상대라면 유즈리하의 수치심 허들은 큰 폭으로 내려간다.

상대를 해야 했던 경비병들은 불운이라고 말할 수밖에 없었다.

"……하지만 스즈하네 오라버니에게 훈련받게 된 이후

245

모르는 사이에 내가 이렇게까지 강해졌다는 건 놀랄 수밖에 없겠어……. 지금까지 스즈하 남매나 오거만 상대했지 일반병사와 싸우지 않았기에 몰랐는데…….”

팬티 한 장 차림의 유즈리하가 큰 객실 정중앙에서 어쩌면 자신과 스즈하 남매가 모이면 세계통일도 간단하지 않을까 생각하고 있는데.

“죽어라, 이 빌어먹을 여자!! 파이어볼!!”

“!”

지근거리에서 죽은 척하며 누워 있던 경비병 하나가 유즈리하 등 뒤에서 마지막 힘을 쥐어 짜낸 마력을 발사했다.

허를 찔린 유즈리하가 뒤를 돌아보려고 해도 이미 늦은 후.

노출된 등 뒤로 혼신의 파이어볼이 명중했고——그대로 소멸했다.

유즈리하의 피부는 화상을 입긴커녕 빨개지지도 않았다.

“……응?”

“어, 어째서지?! 왜 마법이 안 통해?!”

반쯤 정신이 나간 경비병을 완전히 무시한 채 유즈리하는 멍하니 눈을 동그랗게 떴다가, 이윽고 납득한 듯 환히 웃었다.

“그래. 스즈하네 오라버니가 내 등을 지켜준 거였어——.”

“뭐어?!”

“……스즈하네 오라버니는 우리를 지도해줄 뿐만 아니라 훈련이 끝나면 온몸을 열심히 마사지해주니까. 물론 등 뒤도 예외는 아니었지……. 그 단련과 마사지의 반복으로 내 육체는 모르는 사이에……평범한 레벨의 마법으로는 찰과상 하나조차 입지 않을 정도로 충분히 단련되어 버린 거야……."

"무, 무슨 소리야?! 그런 일이 있을 리가 없잖아!!"

"하지만 스즈하네 오라버니는 치사해……. 내가 혼자 싸울 때조차 내 등 뒤를 지켜주다니, 아무리 등 뒤를 안심하고 맡길 수 있는 파트너라고 해도 정도가 있잖아? ……후훗, 그대에게 어울리는 파트너가 되기 위해 난 얼마나 보답해야 할까? 생각하는 것만으로도 황홀, 아니 지긋지긋해……."

"비, 빈틈 발견!"

완전히 자신의 세계로 들어간 유즈리하를 보며 경비병이 검을 들고 대치했다.

하지만.

"시끄러워."

성가신 듯한 유즈리하의 의욕 없는 발뒤축 찍기.

유즈리하의 발뒤꿈치는 아무런 저항도 없이 그 경비병을 플레이트 아머째로 때려눕혔고, 경비병의 몸과 장비는 하나로 합쳐져 바닥의 일부가 되었다.

자신의 행복한 망상 시간을 방해한 어리석은 자를 유즈리하는 1초 만에 머릿속에서 지워버렸다.

하지만 아무리 무시무시한 전투 능력을 과시해도 유즈

리하는 결코 교만하게 굴지 않았다.

왜냐하면 강인함이라는 건 상대적인 것이니까.

"——만약 내가 스즈하네 오라버니와 적대적인 관계가 되면, 나 같은 건 이 경비병들보다도 간단하고 어이없이 죽겠지——."

그래선 안 된다고 유즈리하는 다시 한번 정진을 맹세했다.

목숨의 은인인 파트너와 적대적인 관계가 되는 건 절대로, 이미 나라를 통째로 적으로 돌린다고 해도 있을 수 없는 일이지만.

내가 그대의 파트너라고 가슴 펴고 말할 수 있을 정도로는 강해지고 싶으니까——.

3

최근 숨죽인 듯 아주 고요한 왕도 성 아랫마을은 새로운 여왕이 탄생했다는 뉴스로 완전히 바뀌어서 야단법석이었다.

쿠데타로 계엄령이 깔렸던 반동이겠지.

쿠데타가 끝난 후에도 귀족들을 대숙청하기 위해 한동안 계엄령을 풀지 않았다고 유즈리하 씨가 말했었다.

서민에게는 왕자들에게 가려져 인상이 희미했던 왕녀 토코 씨였지만, 전장에서 차례차례 귀환하는 병사들로부터 전장의 실정이 알려짐에 따라 평판이 상대적으로 급부상했다.

아니, 왕자 2명의 인기가 땅바닥에 떨어졌다고 해야 하나.

속속히 들어왔던 대승리의 뉴스가 전부 날조였고 실제로는 계속 패배했다는 게 알려지면 보통 그렇게 되겠지.

그리고 새로운 여왕 탄생의 뉴스와 동시에 토코 씨는 전쟁과 쿠데타의 진상에 대해 분명히 밝히고, 주모자들이 유즈리하 씨 손에 신속하게 사형 집행됐다는 사실을 공표했다. 토코 씨의 인기는 폭발적으로 기세를 올려서 이미 열광적인 새 여왕 만세 운동이 일어났을 정도다.

이 나라의 무력의 상징이자 카리스마인 유즈리하 씨가 직접 숙청을 행했다는 점이 크겠지.

우리 같은 일반 서민은 종종 히어로와 자신을 혼동하기에, 국민적 히로인인 유즈리하 씨가 숙청했다는 사실은 자신들이 정의의 철퇴를 내린 것 같은 착각을 불러일으키기 쉬운 거다.

물론 그건 유즈리하 씨가 정말 국민적 히로인으로 계속 있었기에 성립하는 이야기지만――.

내가 스즈하나 토코 씨를 향해 그런 이야기를 했더니, 그게 돌고 돌아 유즈리하 씨 본인에게도 전해진 것 같았다.

그 말을 들은 유즈리하 씨는 쓴웃음을 지으며 어깨를 움츠렸다.

"뭐 확실히, 아직 인기는 간신히 상회하는 것 같지만……. 그것도 언제까지 갈까."

누구와 비교하고 있는지도 모르지만 그보다 유즈리하

씨가 의외일 정도로 자신에 대한 평가가 낮다는 사실에 놀랐다.

뭐, 자기 일은 자기가 제일 모른다고들 하니 그런 걸지도 모르지만.

"오빠만은 그 말을 할 권리가 없을 것 같은데요⋯⋯."

"응? 스즈하, 뭐라고 했어?"

"아뇨, 아무것도――보세요, 오빠. 달이 참 아름다워요."

*

새 여왕 탄생의 뉴스가 널리 알려진 이후, 계속 북적거리는 왕도 거리에서 쇼핑을 하고 있는데 어딘가에서 품위 있는 낯익은 노인과 만났다.

"응? 당신은⋯⋯."

"오랜만입니다. 그 이후 동생분의 트윈테일 상태는 어떠신가요?"

"아아!"

기억났다.

언젠가 유즈리하 씨와 함께 간 액세서리 숍 점원이었다.

몹시 트윈테일을 권했기에 기억하고 있었다.

"트윈테일 상태는 잘 모르겠지만 여동생은 잘 지내고 있습니다."

"그건 다행이군요."

"덕분에."

노신사 점원의 권유에 거리를 바라보며 서서 이야기를 나누었다.

역시 화제가 된 건 새 여왕이 된 토코 씨.

이 나라 인간이라면 누구나가 이야기하는 지금 가장 핫한 화제였다.

"——새 여왕이 된 후, 토코 왕녀의 수완은 그럭저럭 괜찮은 것 같더군요."

"그러게요."

"다만 거기에 이르기까지 위험한 장면도 있었던 것 같지만요."

"그런 것 같네요."

"위기일발이었던 그녀를 누가 살렸다는데……. 상당히 뛰어난 수완가인 기사가 구했다더군요. 술집에서는 신작 영웅담이 속속 발표되고 있어요."

"아, 아하하하. 그런가요……?"

토코 씨를 구한 게 영웅이나 뛰어난 기사가 아닌, 단순한 평민인 나라는 건 말할 수 있을 리가 없다.

마른 웃음을 지으며 전력을 다해 무시하기로 결정했다.

"아 뭐, 그건 그렇고 평화가 돌아와 다행이에요."

"정말 그래요. ——제 손녀도 어떻게든 목숨을 부지했고요."

"그거 다행이네요. 손녀분이 병사였나요?"

"못난 마도사랍니다. 사실 진짜 손녀는 아니지만 못난 아이일수록 귀엽다는 말대로 계속 멀리서 지켜봤지요. ──요즘은 좋은 남자를 찾아내서 간신히 반듯해진 것 같습니다."

"흐음."

그 손녀 같은 마도사가 토코 씨라는 걸 안 건 이보다 훨씬 뒤의 이야기. 이 시점에서는 알 리가 없었다.

그때 내가 한 건 조금 립서비스라도 해줘야 하나 하는 생각.

못된 장난이라고 생각하겠지.

내가 구했다고 해봤자 설마 진심으로 믿을 리도 없고.

농담인 척 아무에게도 할 수 없는 자랑을 하고 싶어져서 입을 열었다.

"여기서만 하는 이야기지만. ──실은 제가 쿠데타 해결에 역할을 좀 했습니다."

"호오?"

"정말이에요. 뭐, 증거는 없지만요."

"아니, 아니. 믿습니다. 호호호."

점원은 재미있는 농담을 들었다는 듯 웃으며 천천히 주머니에 손을 넣었다.

"그런 거라면 저도 손녀를 구해준 보답을 해야겠지요?"

그렇게 말하며 나에게 건넨 건 무지갯빛으로 빛나는 머리끈이었다.

"……설마 이걸로 저에게 트윈테일이 되라는…?"

"아닙니다. 전 남자의 트윈테일을 바라보며 즐거워하는 취미는 없고 애초에 그 머리끈은 한 개뿐이니까요. 이건 부적 대신입니다."

"혹시 방어 마법이 걸려 있는 건가요? 그렇게 비싼 물건을 받을 수는——."

"방어 마법은 안 걸려 있습니다. 대신 다른 마법이 걸려 있지요."

"어떤 마법이?"

내가 묻자 점원이 미소 지었다.

"——언젠가 곤란할 때 이 무지갯빛 머리끈을 갖고 누구든 좋으니까 이 나라의 상인을 의지하도록 하십시오."

"그러면?"

"온 나라의 상인들이 총력을 기울여 한 번이지만 어떤 부탁이든 해결해줄 겁니다."

"그거 대단하네요."

"네에, 물론 실현 불가능한 건 안 됩니다. 그냥 국민 전원이 트윈테일이 되는 그 정도로 해주십시오."

"과연. 알겠습니다."

허풍은 정말인지 아닌지 판단이 안 설 때가 가장 곤란하다.

그렇기에 이 정도로 스케일이 크면 처음부터 거짓말이라는 걸 대번에 알아차리기에 나도 솔직하게 답할 수 있었다.

"그럼 감사히 받겠습니다. 돈이 필요할 때라도 사용하겠습니다."

"그렇게 하세요. 돈이라면 글쎄요……. 이 나라를 통째로 살 수 있을 정도의 금화라면 금방 모일 겁니다."

"그거참 좋은 물건을 받게 됐네요."

그 이후 잠시 이야기를 나누고 점원과 헤어졌다.

그에게 받은 머리끈은 특수한 소재 덕인지 마법인지 본 적도 없는 아름다운 무지갯빛으로 반짝반짝 빛나고 있었다.

이거라면 스즈하의 내년 생일 선물로도 좋을 것 같았다.

──그 무지갯빛 머리끈에 점원이 말한 효과가 정말 있다는 사실을 알고 기절초풍한 것도 이보다 훨씬 이후의 이야기.

4

다른 나라는 모르겠지만 이 나라의 대관식과 즉위식은 이른바 결혼식과 피로연 같은 관계라고 배웠다.

즉위식이고 뭐고 대관한 시점에 즉위한 거 아니냐고 물었지만 그런 태클을 걸면 안 된다고 유즈리하 씨가 주의를 줬다. 그녀 왈 '그냥 그런 거니까 너무 신경 쓰지 마'라고.

즉 국왕이 되는 의식이 대관식, 그 사실을 널리 알리는 의식이 즉위식.

그런 이유로 즉위식은 국가 휴일로 지정이 되며 궁중에

서는 성대한 파티가 열려 서민들도 나라에서 공짜 술을 대접받고 밤새 시끄럽게 떠들며 새로운 국왕을 축복한다는 모양이다.

"그대도 즉위식에는 당연히 출석할 거지? 물론 그 이후에 궁중 무도회도 있어."

"당연히 출석 안 할 건데요?"

"어째서?!"

"그야 전 평민이니까요."

웬일인지 유즈리하 씨에게 즉위식 참가 권유를 받았지만 물론 단호히 거절했다.

서민에게는 즉위식이니 궁중만찬회니 그런 것보다 공짜 음식이 훨씬 더 기뻤다.

귀족님들은 그걸 모르겠죠.

*

즉위식 당일 오후, 난 초밥집 앞을 계속 서성거렸다.

"으윽, 비싸……. 하지만 두 번 다시 없을 축하 자리니까……. 하지만 비싸네……."

축하하는 자리에 대접하는 요리 넘버원이라면 우리나라에서는 뭐니 뭐니 해도 초밥이었다.

확실히 말해 초밥은 엄청 맛있다. 하지만 엄청 비싸다. 그야 뭐 비싸겠지.

자칫하면 나랑 스즈하의 한 달 치 식비를 넘을 정도다.

하지만 현재, 내 품은 두둑했다.

전날 내가 토코 씨를 살려준 사례비로 왕실에서 꽤 많은 금전을 받은 덕이다.

미묘하게 늦어 토코 씨가 죽을 뻔했을 때 하수를 뒤집어쓴 채 끌어안은 데다, 치료라고는 해도 키스까지 해버렸는데. 나는 그 죄로 사형을 받을 줄 알았다.

죄를 묻긴커녕 반대로 사례금까지 내어준 왕실의 배포 큰 모습에는 정말 감사할 수밖에 없겠네.

——그렇다면 우리 집도 초밥으로 토코 씨 여왕 즉위를 축복해야 하는 거 아닐까?

그렇게 결심하고 왕도 귀족 마을과 평민 마을 경계에 있는 초밥 가게에 찾아왔는데.

가격에 겁먹어 안으로 들어가는 걸 결단하지 못하고 가게 앞을 빙글빙글 도는 꼴이 되었다.

벌써 그럭저럭 1시간째.

"으윽, 이대로는 말이 안 나겠어. 하지만 스즈하에게도 오늘은 초밥이라고 했고……. 에잇, 될 대로 돼라!"

"——될 대로 돼라, 는 아니지. 뭐 하는 건가."

뒤를 돌아본 그곳에는 어이없어하는 얼굴의 유즈리하 씨가 있었다. 굉장히 창피했다.

"아, 저기, 이건."

"스즈하에게 이야기는 들었으니까 상상은 가는데 말이야.

어차피 그대 성격상 막상 초밥을 사려고 생각했다가 가격에 겁먹어서 계속 머뭇거리고 있었겠지?"

"……맞습니다, 네……."

"어쩔 수 없는 녀석이네. 그런 그대에게 내가 좋은 소식을 갖고 왔어."

"네?"

"새 여왕의 즉위를 축하해서 오늘만 공짜 초밥을 대접하는 장소로 가고 싶지 않아?"

"네에에?! 하, 하지만 공짜 초밥이라니, 그런 달콤한 이야기가 있을 리가 없죠! 분명 썩어가는 위험한 재료를 써서—."

"신선한 고급 식재료로 일류 장인이 눈앞에서 만들 거야. 게다가 마음껏 먹을 수 있어."

"!!"

"뭐, 평소라면 들어갈 수 없는 장소지만 연줄 덕분에 오늘은 들어갈 수 있어. 물론 스즈하도 같이. 그러니 그대도 부디—."

"꼭 동행하게 해주세요!!"

"……뭐? 갈 거야? 그럼 이쪽으로서도 시간이 절약되긴 하는데……."

"물론이죠! 아니, 초밥을 마음껏 먹을 수 있잖아요! 히얏호!"

"……아, 그래, 물론 상관은 없다만……. 설마 이렇게 쉽게 낚일 줄이야……."

유즈리하 씨가 말한 '쉽게 낚였다'라는 건 무슨 뜻인지 모르겠지만 고급 초밥을 마음껏 먹을 수 있다는 사실 앞에서는 그런 것 따위 아무래도 좋았습니다. 왜냐하면 초밥이니까.

──그런 식으로 생각했던 그때의 날 때려주고 싶어진 건 그때부터 아주 조금 뒤의 일이었다──.

5

사쿠라기 공작가 마차에서 흔들리기를 잠시, 도착한 곳은 왕성이었다.

"유즈리하 씨에게 속았어!!"

"너무하네, 난 널 속인 적이 없어. 즉위 무도회 회장에는 토코가 특별히 주선한 왕도 제일의 고급 초밥 가게가 장인과 함께 출장 와 있으니까."

"왕성에 평민이 들어가면 안 돼요! 그런 건 상식이라고요!"

"그대가 상식을 논하다니 어처구니없는 데에도 정도가 있지……. 뭐, 됐어. 있잖아, 특별히 허가가 있으면 평민이라도 왕성에 갈 수 있어. 즉 연줄이지."

"네?"

"물론 그런 허가는 보통은 나오지 않지만 그대에게는 나왔으니까 걱정 안 해도 돼. 처음에 말했잖아? 연줄이 없으면 못 들어간다고. 즉 반대로 말하면 연줄이 있으면 누구든 들어갈 수 있다는 뜻이야."

"고, 공작가의 연줄, 대단해⋯⋯!"

"뭐, 이번 경우엔 대단한 건 우리 공작가가 아니라 그대 본인의 연줄이지만. 아무튼 새 여왕의 목숨의 은인이고 새 여왕 탄생의 주역이잖아."

"그건 오해입니다."

"백 보, 아니⋯⋯백억 보 양보해서 그게 오해라고 해도 살아남은 귀족이나 왕족들은 누구나 그댈 그렇게 보고 있어."

질 나쁜 농담이었다.

무엇보다도 누구나라면 유즈리하 씨 자신이나 토코 씨까지 그 속에 포함된 것 아닌가.

*

어떻게 봐도 완벽하게 그곳에 어울리지 않는 내가 왕성 안을 걷자 당연하게도 경비 병사에게 몇 번이나 붙잡히고 말았다.

하지만 유즈리하 씨가 이름을 부를 때마다 예외 없이 「실례했습니다!」라는 느낌으로 넙죽 엎드렸고 쉽게 길을 양보해주었다. 대다내.

압도적이기까지 한 공작가의 권력, 정말 대다내여⋯⋯!

그런 마음을 담아 반짝거리는 눈으로 바라보자 유즈리

하 씨가 어이없어했다.

"뭘 착각하고 있는지 모르겠지만 넙죽 엎드리는 상대는 내가 아니라 너야."

"잠깐, 무슨 말씀을 하시는지 모르겠습니다만. 애초에 기사 여러분들이 제 이름이나 얼굴 따위를 알 리가 없잖아요?"

내가 부정하자 뒤에서 걷던 스즈하가 끼어들었다.

"그럼 오빠, 반대로 생각해보면 어때요?"

"어떤 식으로?"

"유즈리하 씨의 이름과 얼굴은 널리 알려져 있고 특히 성을 경비하는 기사 중엔 모르는 어리석은 사람이 있을 수가 없죠. 그러니까 유즈리하 씨를 본 시점에서 그게 유즈리하 씨라는 건 인식하고 있을 거예요."

"그렇지."

"그럼 유즈리하 씨 이름을 꺼내봤자 의미는 없죠. ——하지만 유즈리하 씨가 자신의 이름과 함께 오빠의 이름을 꺼내면 기사들은 예외 없이 크게 당황해서 길을 양보했어요. 그럼 기사들이 길을 비켜준 이유는 오빠의 이름밖에 없다고 생각되는데요?"

"하하, 그런 바보 같은."

내가 스즈하의 논리 매직을 깔끔하게 무시하자 웬일인지 스즈하와 유즈리하 씨가 서로 바라보고는 동시에 어휴 하고 어깨를 움츠렸다.

"뭐, 지금은 괜찮겠지만 토코의 근위병과 대할 때는 가습을 펴도록 해."

"갑자기 무슨 말이에요?"

"여전히 남아 있는 근위병들은 바보 왕자들의 유혹을 거절하고 토코를 선택했다는 기개도 실력도 있는 녀석들뿐이니까. 그러니까 그 쿠데타에서 토코를 지키지 못했다는 사실을 진심으로 분하게 생각하고 있어. ——그 녀석들에게 토코를 구출한 넌 정말 구국의 영웅, 위업을 이뤄낸 히어로야."

"네?"

"그대가 본인을 어떻게 보고 있든 녀석들은 모두 그대에게 푹 빠져 있어. 평민이란 걸 안 이후에도 즉각 차기 기사단 총장으로 삼자고 토코에게 직접 상소를 올렸으니까. 그것도 간부들이 한 명도 남김없이."

"……."

"물론 그대에겐 동조할 의리도 의무도 없지만——그런 구국의 히어로가 기운 없고 초라하면 군의 사기가 굉장히 떨어지게 되겠지. 그러니까 부탁해."

"아, 네. 알겠습니다."

난 표정을 다잡고 수긍했다.

——설령 그게 허구라고 해도.

날 필요로 해준다면 정신 차리고 당당하게 행동하자.

*

즉위 무도회 회장으로의 잠입은 수월했다.

권력의 구도가 너무 크게 변해서 어느 귀족도 정보 수집에 정신이 없는 모양이라, 궁중 무도회는 그런 풍경이 펼쳐지는 장이었다.

평민 같은 꼴의 낯선 남자를 신경 쓸 여유 따위 없겠지.

"참나. 그대가 처음부터 이쪽으로 왔다면 이런 연극은 필요 없었잖아. 복장도 좀 더 단정하게 준비했을 텐데……."

"앗! 오빠 저거예요. 목표 발견!"

유즈리하 씨가 무슨 말을 했지만 우리는 무도회장의 어느 일부분에 눈이 고정되었다.

초밥이다.

초밥 포장마차야.

고급 초밥을 마음껏 먹을 수 있어! 히얏호!

"하지만 스즈하, 아직 안 돼."

"왜 말려요, 오빠?!"

"그야 나도 지금 당장이라도 달려가고 싶은데. ──그래도 그 전에 토코 씨한테 일단 인사를 드려야지. 공짜로 초밥을 먹게 해준 이상, 예의를 잃으면 안 돼."

"오빠, 역시 대단해요!"

"아니, 아니, 파티에서 호스트에게 인사하는 건 당연하잖아. 애초에 지금 즉위식 후 무도회가 한창 진행 중이라는 걸 잊은 건 아니겠지?"

유즈리하 씨는 기가 막힌다는 얼굴이었지만 서민이 고급 초밥을 눈앞에 두고 자제심을 발휘해야 하는 곤란한 상황을 전혀 몰라서 그런 거다. 이러니까 귀족님들은.

토코 씨는 금방 발견됐다.

무도회장 가장 안에서 어딘가의 귀족들과 이야기를 하고 있는 토코 씨. 그 앞에는 토코 씨와의 인사를 기다리는 귀족들의 행렬이 죽 늘어서 있었다. 뭐, 당연한가?

"으음……."

"어쩌죠, 오빠? 저 줄에 설까요?"

"아니, 지금 귀족들에게 섞여 줄을 서는 건 좀. 시간도 걸리고 장소에 어울리지도 않고……줄이 끊긴 타이밍에 얼른 인사를 건넬까?"

"하지만 오늘은 즉위식이라, 그 무도회에서 새 여왕님에 대한 인사 대기 행렬이 끊어질 일은 없을 것 같은데."

"으응……."

곤란하다.

나는 인사는 마친 후에 마음껏 먹으러 달려가는 게 매너라고 생각하는데.

하지만 귀족의 행렬에 같이 줄을 서는 것도 대략 분위기 파악 못 하는 느낌 아닌가.

그때 문득 발상이 번뜩였다. 이번에는 긴급 사태니 어쩔 수 없지.

대귀족인 유즈리하 씨에게 전갈을 부탁하고, 그걸 확인

한 순간 초밥 포장마차로 달려가면 최소한의 예의는 차리는 거 아닐까. 제대로 된 대면 인사는 또 다음 기회에 하는 걸로.

——이럴 땐 대귀족인 유즈리하 씨를 평민이 심부름꾼으로 써도 되는지 걱정해선 안 된다. 거기까지 가면 그야말로 초밥을 먹을 수 없게 될 테니까.

"저기, 유즈리하 씨한테 굉장히 죄송합니다만 한 가지 부탁이."

"그래, 알아. 말할 필요도 없어."

"역시 유즈리하 씨! 믿음직스러워요!"

"후훗. 난 그대의 파트너니까 그 정도는 알아차리는 게 당연하지. 성량에도 자신이 있어."

성량?

목소리 크기가 어떻다는 거지?

그렇게 의문스럽게 생각하는 사이.

유즈리하 씨가 전혀 예상 밖의 터무니없는 행동에 나섰다.

내가 있는 장소에서 토코 씨를 향해 갑자기 큰 소리로 외친 것이다!

"여왕 폐하! 당신의 목숨을 구한 은인이 도착했습니다!"

깜짝 놀란 나.

무도회장 안의 시선이 일제히 우리에게로 향했다.

터무니없는 사태에 주뼛주뼛 토코 씨를 바라보자 웬일인지 굉장히 싱글거리는 얼굴로 날 손짓으로 불렀다. 이게 뭐여.

유즈리하 씨도 좋은 일을 했다는 느낌으로 엄지 척을 했다.

"자, 어서 다녀와."

"아니, 귀족이 엄청 많이 있는 저 안으로 섞여 들어가는 건 불경하지 않나요……?"

"여왕이 손짓으로 부르는데 따르지 않는 게 더 불경하지. 얼른 가봐."

유즈리하 씨에게 등을 밀려 앞으로 걸어 나갔다.

주뼛주뼛 다가가자 또다시 믿을 수 없는 일이 일어났다.

여기저기 있던 귀족들이 마치 파도가 갈라지듯 거리를 두며 나와 토코 씨를 잇는 직선을 만든 것이다.

마치 날 방해해서는 안 된다는 것처럼.

그리고.

짝……짝짝……짝짝짝짝……!

——누군가가 시작한 박수는 금방 퍼져 머지않아 무도회장 전체에 우레와 같은 소리가 울려 퍼졌다.

마치 드디어 나타난 구국의 영웅을 환영하는 것처럼.

이제 와서 되돌아갈 수도 없어서.

어떻게든 난 토코 씨 앞까지 도달하고야 말았다——.

"이런, 드디어 왔구나."

"——진심으로 경하드립니다. 새 여왕 폐하."

"그러면 안 돼. 스즈하 오빠는 날 토코라고 부르라고 했을 텐데."

"……여긴 공식적인 자리이니 허물없는 태도는 삼가야 할 것 같습니다. 게다가 주변에는 귀족분들도 많이 계시니까."

"그런 건 관계없다니까. ——저기, 다들! 내 목숨을 구해 준 구국의 영웅이 내 이름을 부르는 것에 반대하는 사람이 있다면 지금 당장 여기서 자신의 이름을 밝히고 나오도록!"

너무 갑작스러운 토코 씨의 호소에 몇 명의 귀족이 움직이려고 했지만,

"물론 그때는 내가 이렇게 여왕이 되는 데 얼마만큼 공헌했는지 제대로 선언한 후 의견을 말할 것!"

그 말에 움직이려던 귀족들이 예외 없이 딱 멈추고 그대로 침묵했다.

"이거 봐. 아무도 반론하지 않잖아? 그러니까 괜찮아."

"……굉장히 억지스러운 것 같은데요……?"

"세세한 것까지 신경 쓰다 보면 초밥 맛이 안 느껴질걸?"

그건 안 된다.

그렇다면 나도 토코 씨 요청에 솔직하게 따르기로 하자.

애초에 왕명이니까.

"그럼 다시 한번. 토코 씨, 오늘은 정말 축하드립니다."

"고마워. 그것도 이것도 전부 스즈하 오빠가 있어 줬기 때문이야."

"아뇨, 아뇨, 모든 것은 토코 씨의 노력 덕택입니다."

"애초에 스즈하 오빠가 없었다면 내가 이렇게 여왕이 될 리가 없었겠지만……. 뭐, 그걸 상세하게 설명하다 보면 날이 샐 테니까."

토코 씨는 여전히 알 수 없는 말을 했다.

그보다 귀족의 정치나 음모에 대한 이야기를 해봤자 난 하나도 모르겠다.

"그건 그렇고 오늘은 스즈하 오빠에게 한 가지 제안할 게 있어."

"……네?"

"사실은 즉위식에서 나의 즉위 선언과 함께 짜잔, 하고 발표하고 싶었지만 스즈하 오빠가 즉위식에 와주지 않았는 걸. 그래서 뭐, 그 이후 만찬회에서 발표해도 될까 해서."

"잘 모르겠지만 안 좋은 예감이 드니 온 힘을 다해 거절하겠습니다."

내가 거절하자 토코 씨가 웬일인지 아련한 눈을 하고 중얼거렸다.

"지금 계절은 가을, 앞으로 겨울이 오겠지. ……생선에 살이 오르고 초밥이 맛있는 계절이야."

"!"

"역시 기본은 뱃살 아닐까. 다른 나라의 참치는 몸이 타서 고양이도 안 먹는다지만 우리나라 어부들은 참치 낚시 기술도 냉동 보존 마법도 최첨단이니까 정말 참치가 맛있어. 스즈하 오빠는 참치 뱃살을 좋아해?"

"가격 빼고는 다 좋아해요!"

"그렇구나. 하지만 난 사실 참치 뱃살이나 성게보다도 겨울이라면 쥐치를 더 좋아해. 만들어진 초밥 위에 쥐치의 탱글탱글한 내장을 올려서 먹으면 입 안에서 녹는다니까."

"그, 그런 훌륭한 음식이 이 세상에……?!"

"그리고 이리도 맛있어. 알아? 좋은 이리는 비린내가 전혀 나지 않아. 그리고 깨물면 뒤섞이는 달콤함이 입 안 가득 퍼져. 그때 이리가 터져서 탱글거리는 감촉이 또 참을 수 없지──."

"우, 우와……!"

"──그래서 스즈하 오빠? 만약 나의 평범한 부탁을 들어준다면 그 맛있는 뱃살이나 성게나 쥐치나 이리를 마음껏 먹게 해줄 수 있는데. 어때?"

"삼가 말씀 듣겠습니다."

두말없이 고개를 끄덕였다.

난 토코 씨를 신뢰하고 있었다.

게다가 일단 생명의 은인이라고 말해줄 정도니까.

아무리 그래도 그렇게까지 심한 말은 안 하겠지.

그렇다면 내 대답은 예스 하나.

──그런 식으로 생각해버린 건 초밥의 매력에 끌렸기 때문이 틀림없었다.

내가 대답하자 토코 씨는 한 건 해냈다는 듯 미소를 띠며 말했다.

"약속이야. 절대로 도망가면 안 돼."

"네? 그게 무슨……."

"저기, 다들! 내 이야기 좀 들어줘!"

그리고 토코 씨는 깜짝 놀라는 날 곁눈질하며 온 나라에서 모인 귀족들을 향해 소리 높여 선언했다.

——나의 현저한 공적에 보답하기 위해.

반역에 따른 숙청에 의해 상속인이 사라진 로엔그린 변경백 가문을 지금 이 자리에서 나에게 잇기로 결정했다, 라고——.

그래서 뭐가 뭔지 모르는 사이에, 난 그날 귀족으로 전직하고 말았다.

에필로그

그렇게 약해진 스즈하 오빠의 모습을 보는 건 처음이군.

토코는 문득 그런 사실을 깨닫고 피식 웃었다.

귀족들에게 둘러싸여 사방팔방에서 인사 압박을 받으며 우왕좌왕하는 스즈하의 오빠.

거기에는 화이트 헤어드 뱀파이어와의 전투에서 본 혹은 왕궁에서 자신을 구하러 왔던 평소의 굉장히 의지되는 믿음직스러운 청년의 모습은 전혀 없었다.

그저 평민 같은, 사람 좋은 오빠가 아주 당황해서 우왕좌왕하고 있는 것처럼밖에 보이지 않았다.

"토코."

다가오는 유즈리하에 맞춰서 토코가 인사를 하고 귀족들에게서 멀어졌다.

귀족들 무리에서 충분히 떨어지자 그제야 진짜 표정으로 돌아왔다.

"후우. 피곤해——."

"괜찮아? 오늘은 토코가 주인공인 화려한 무대잖아?"

계속 인사를 하고 돌아다니지 않아도 되는 것인지 넌지시 묻는 유즈리하에게 토코는 천천히 고개를 가로저었다.

"괜찮아, 괜찮아. 귀족들과의 인사는 대충 다 했고 게다가……."

토코의 시선 끝에는 귀족들에게 어떻게든 인사를 하면

서도 눈이 어른어른 초밥 포장마차 쪽으로 향하고 있는 스즈하 오빠의 모습이 보였다.

"오늘의 주인공은 이미 스즈하의 오빠가 됐으니까."

"그것도 그런가."

"정말, 이걸로 한숨 돌린 느낌이야――."

토코는 정식으로 여왕이 됐지만 문제는 산더미처럼 쌓여 있었다.

형제가 일으킨 이웃 나라와의 전쟁은 아직 진행 중.

숙청한 귀족의 영지 재분배도 서둘러 행할 필요가 있었다.

게다가 쿠데타로 너무나 많은 중앙 권력자가 정식 무대에서 사라졌다.

여왕의 통치가 안정될 때까지는 엄청난 노력과 시간이 필요하겠지.

그래도.

"유즈리하도 있고 스즈하도 있고, 무엇보다 스즈하의 오빠가 있어――그러니까 괜찮겠지."

"그래. 걱정 마."

그렇게 말했을 때 스즈하 오빠 쪽에서 대수롭지 않은 함성이 터져 나왔다.

아무래도 스즈하 오빠에게 귀족 중 한 사람이 힘겨루기를 도전한 모양이었다.

두 사람 다 그 귀족을 잘 알고 있었다.

방금 스즈하 오빠가 토코를 이름으로 부르는 걸 반대하

려고 했던 귀족 중 한 명이었다.

토코의 선제적 한마디로 간단하게 침묵당했지만 여기서 나온 건가.

"저 녀석인가. 무력을 자랑하는 건 좋지만 꽤나 융통성이 없군……."

"뭐, 그 덕분에 양쪽 쿠데타 유혹에도 넘어가지 않았고 그 결과 살아남았다고도 할 수 있지만——."

대머리 중년 귀족이 새빨개진 얼굴로 스즈하 오빠의 손을 잡고 있었다.

아무래도 악수라고 칭하며 손을 잡고 마음껏 힘을 준 모양이었다.

하지만 스즈하 오빠 쪽은 어리둥절한 얼굴을 하고 있었다.

"아하하! 저 얼굴, 스즈하 오빠도 참, 본인이 공격당하는 걸 전혀 눈치 못 채고 있잖아!"

"바보 같은 남자야. 사과를 꽉 쥐어 으스러뜨릴 수 있는 게 자랑인 듯하지만 그렇다고 스즈하네 오라버니의 상대가 될 수 있겠어? 아마조네스 군단장 두 사람조차 상대가 안 되는데."

"뭐, 스즈하 오빠가 조금이라도 그럴 마음이 있다면 손은 물론 저 녀석의 머리 정도는 쉽게 으스러뜨릴 수 있겠지."

"근본이 멍청한 건 어느 의미에선 군인의 자질이지만 그렇다고 해도 너무하네……."

"뭐, 그건 눈치 못 채는 스즈하 오빠 쪽도 똑같다고 말할 수 있지만······아, 눈치챘나?"

아무래도 스즈하 오빠가 주위 반응을 통해 드디어 자신이 혼신의 힘으로 잡혀 있다는 사실을 깨달은 듯했다.

"스즈하 오빠는 귀족의 여흥 정도로 생각하고 있으려나?"

"안 좋은 예감이 드는데······아앗?!"

"아하하하! 역으로 으스러뜨렸어!"

스즈하 오빠 입장에선 아주 잠깐 강하게 맞잡은 정도였겠지.

그렇게 두 사람은 확신했다.

아니었다면 남자의 손목 아래는 이미 사라져 버렸을 게 틀림없을 테니까.

"스즈하 오빠의 힘은 타이밍을 봐서 귀족들에게 보여줘야 할 것 같았는데······이제 필요 없으려나?"

"그러게."

무투파 귀족으로서 이름을 날리고 있던, 힘을 자랑하는 남자가 순수한 완력으로조차 손쓸 엄두를 내지 못했다.

이걸 보고도 아직 스즈하 오빠의 공적이 우연이라고 주장하거나 유즈리하의 무력이나 권위를 가로챘다고 주장할 수 있는 귀족은 없겠지.

바닥에 누워 몸부림치며 아파하는 남자를 스즈하의 오빠는 걱정스럽게 바라보았지만 금방 경비병이 날아와 남자를 의무실로 짊어지고 갔다.

주위 귀족들은 그를 완전히 무시했다.

어쨌든 본인이 먼저 싸움을 걸고는 끽소리도 못 낼 정도로 완패했으니, 평가는 끝났다는 게 그들의 감상.

그리고 패배자를 동정할 바에야 강자에게 아양을 떠는 게 귀족이 귀족으로서 살아남기 위한 첫 번째 조건이었다.

점점 격렬해지는 귀족들의 공세에 주춤거리는 스즈하의 오빠.

"분명 우리 딸과 결혼해달라는 말을 듣고 있겠지——?"

"틀림없어. 어리석긴, 스즈하네 오라버니의 결혼 상대는 우리 사쿠라기 공작가에서 나올 게 틀림없는데."

"뭐, 상대가 결정될 때까지는 역전의 기회가 있어 보이니까——."

어쨌든 유즈리하는 다양한 의미로 특성이 너무 극단적이라 결혼 상대가 되면 정색하는 남성들도 얼마든지 있겠지.

예를 들어 절벽인 가슴을 좋아한다거나 로리콘이라거나——.

"그런데 토코. 아까부터 계속 스즈하네 오라버니가 우리 쪽을 힐끔힐끔 쳐다보는 것 같은데 기분 탓일까?"

"뭐? 아, 응. 저건 그거잖아."

"그런가? 역시 스즈하네 오라버니는 내 도움을 바라고 있는 건가?"

"뭐? 아니, 아마 아닐 텐데."

"후훗, 곤란한 녀석이야. 저 녀석은 이런 기회에도 익숙해져야 하니까 굳이 떨어진 곳에서 지켜보고 있었는데——

역시 위기일 때는 파트너인 나의 도움을 바라게 되는구나!"

"아니, 저 녀석이 보고 있는 건 우리가 아니라."

"어쩔 수 없는 녀석! 기다려, 지금 파트너인 내가 도와줄 테니까——!"

그렇게 말하며 성큼성큼 가버리는 유즈리하의 등 뒤로.

"——저기, 스즈하 오빠가 지켜봤던 건 우리가 아니라 그 뒤에 있는 초밥 포장마차일 것 같은데——?"

그렇게 말하려다 역시 관뒀다.

오늘은 이 나라의 미래에 있어서 굉장히 경사스럽고 중요한 날이었다. 그런 분위기에 찬물을 끼얹는 짓은 하고 싶지 않았다.

어쨌든 오늘은.

앞으로 이 나라에 가장 중요한 인물로 급부상할 이에게 그에 어울리는 최소한의 지위를 떠넘기는 데 성공한 기념일이니까——.

후기

이 작품은 원래 인터넷 소설 연재 사이트 카쿠요무에 웹소설로 투고했습니다.

하지만 애초에 썼던 계기는 저의 머릿속에 거주하고 있는 마리 앙투아네트가 「느슨한 이세계의 템플릿을 읽고 싶어. 하지만 유행하는 서적화 템플릿은 필요 없어!」

라고 생트집을 잡아서 결과적으로 이 작품엔 통상적으로 좀 말이 안 될 정도로 불공평한 내용을 담게 되었습니다.

가장 알기 쉬운 건 여주인공이겠죠.

보통 여주인공에겐 로리를 포함하거나 병약한 캐릭터를 포함하거나 동물 귀를 포함하거나 독자님의 취향에 꽂힐 만한 변화가 풍부하게 갖춰져 있죠. 네에.

바꿔 말해 이 작품은 여주인공 모두가 글래머에 게다가 전투 천재라는 보통은 있을 수 없는 인물들이 등장하죠. 뭐, 전부 저의 취미지만요. 헤헷.

이 작품이 적어도 공모작이었다면 편집부에서 「로리 한 사람 정도는 넣어주세요」라고 당연한 지시를 받게 됐을 것이 분명했겠죠.

그 외에도 이런 작품은 가끔 있고 뭐 인터넷은 자유롭다 정도의 가벼운 마음으로 웹소설로 투고했습니다만.

이게 예상과 달리 호평을 받았고 많은 독자분들께서 읽어주시고 반쯤 선전할 생각으로 「슬쩍」 응모한 제7회 카쿠

요무 웹소설 콘테스트에서 무려 특별상을 수상하게 되었습니다.

솔직히 제가 가장 놀랐습니다. 그리고 약간 후회도 했습니다.

이럴 줄 알았으면 어디 내놓아도 부끄럽지 않을 훌륭한 펜네임을 쓸 걸 그랬네요.

——뭐, 그건 그렇고 이 작품은 「제가 읽고 싶어서」 쓴 소설이라서.

저와 같은 취미 기호를 가진 독자분이 출근, 통학 도중에라도 읽어주시고 아주 조금이나마 약으로서 피로가 풀리신다면 더할 나위 없이 기쁠 거라고 말씀드릴 수 있을 것입니다.

이 작품이 책으로 나올 때까지 당연히 많은 분들의 조력이 필요 불가결했습니다.

웹소설을 읽어주시고 평가, 코멘트해주신 독자 여러분, 편집부 M님, 엄청 귀여운 일러스트를 그려주신 나타샤 님을 시작으로 이 작품과 관련된 모든 여러분.

그리고 무엇보다 이 책을 구입해주신 독자 여러분.

여러분께 진심으로 감사 인사를 드립니다.

IMOUTO GA ONNAKISHI GAKUEN NI NYUGAKU SHITARA NAZEKA
KYUKOKU NO EIYU NI NARIMASHITA. BOKU GA. Vol.1
©Lamanoidon, Natasha 2022
First published in Japan in 2022 by KADOKAWA CORPORATION, Tokyo.
Korean translation rights arranged with KADOKAWA CORPORATION,
Tokyo.

**여동생이 여기사 학원에 입학했더니 어째선지 구국의 영웅이 되었습니다.
내가. 1**

2023년 10월 15일 1판 1쇄 발행

저　　　자 라만 오이돈
일 러 스 트 나타샤
옮 긴 이 심희정
발 행 인 유재옥
본 부 장 조병권
편 집 2 팀 박치우 정영길 정지원 조찬희
편 집 3 팀 오준영 이해빈 이소의
라이츠담당 김정미 맹미영 이윤서
디 지 털 김지연 박상섭 윤희진
미　　　술 김보라 박민솔
발 행 처 ㈜소미미디어
인쇄제작처 ㈜코리아피엔피
등　　　록 제2015-000008호
주　　　소 서울시 마포구 토정로222, 403호 (신수동, 한국출판콘텐츠센터)
판　　　매 ㈜소미미디어
영　　　업 박종욱
마 케 팅 최원석 최정연 박수진 박소연
물　　　류 백철기 허석용
전　　　화 (02)567-3388, Fax (02)322-7665

ISBN 979-11-384-8028-4
ISBN 979-11-384-8027-7 (세트)